LES
MIRACLES DE SAINT ÉLOI

POËME DU XIIIe SIÈCLE

Publié pour la première fois d'après le manuscrit de la bibliothèque bodléïenne d'Oxford,

ET ANNOTÉ PAR

M. PEIGNÉ-DELACOURT,

Membre de la Société des Antiquaires de France, de la Société des Antiquaires de Picardie et de la Société Académique de l'Oise.

BEAUVAIS.
Chez PINEAU, Libraire.

NOYON.
Chez ANDRIEUX, Libraire.

PARIS.
Chez Aug. AUBRY, Libraire, rue Dauphine, n° 16.

Offert par l'auteur
à Monsieur Elie Petit [illegible]
[illegible] mai 1860.

Le frontispice est un dessin lithographié de madame Juigné, née Sophie Peigné-Delacourt, fille de l'éditeur des *Miracles de saint Eloi*. Je tiens ce renseignement de son père. Madame Juigné avait un talent remarquable et j'ai une photographie d'un dessin qu'elle avait fait d'après le tableau d'Ary Scheffer, représentant Ste Monique et St Augustin. Je l'ai jointe à un exemplaire de la traduction que j'ai faite, avec M. l'abbé Vincent des *Discours* (ou énarrations) *de St Augustin sur les psaumes*. Je l'ai d'ailleurs connue personnellement ; c'était une femme aussi bonne qu'aimable et spirituelle. Elle est morte victime de son dévouement pour son père. Il avait une fièvre scarlatine, qu'elle a prise en le soignant et, tandis qu'elle l'avait sauvé par ses soins courageux, elle a succombé plus à la fatigue qu'au mal lui même. M. Peigné Delacourt n'a pu s'en consoler. Les travaux archéologiques pouvaient seuls le distraire de son chagrin, mais sans le lui faire oublier. C'était un homme excellent, que j'aimais et vénérais à la fois et dont la mort a été une de mes peines les plus sensibles.

—

Après avoir exercé la médecine, M. Peigné Delacourt avait été le directeur d'une importante fabrique de velours à Ourscamps, et il avait établi son domicile et une partie des ateliers dans les magnifiques restes de la célèbre abbaye. C'est sans doute pour cela que madame Juigné a introduit dans le frontispice composé par elle pour les Miracles de Saint Eloi, les ruines d'Ourscamps, et sur le premier plan, placé les armes de l'abbaye, attachées au cou d'un ours.

BEAUVAIS. — IMPRIMERIE D'ACHILLE DESJARDINS.

VIE ET MIRACLES
DE S^T ELOI
M.CCXCIIII
OVRSCAMP
SALLE CAPITVLAIRE
DE NOYON

LES
MIRACLES DE SAINT ÉLOI

POËME DU XIIIe SIÈCLE

Publié pour la première fois d'après le manuscrit de la bibliothèque bodléïenne d'Oxford,

ET ANNOTÉ PAR

M. PEIGNÉ-DELACOURT,

Membre de la Société des Antiquaires de France, de la Société des Antiquaires de Picardie et de la Société Académique de l'Oise.

BEAUVAIS,
Chez PINEAU, Libraire.

NOYON,
Chez ANDRIEUX, Libraire.

PARIS,
Chez AUG. AUBRY, Libraire, rue Dauphine, n° 16.

LES

MIRACLES DE SAINT ÉLOI.

LI MIRACLES DE MESIRES SAINS ELOIS.

Un trouvère dont le nom reste inconnu, mais dont l'idiome picard, qu'on retrouve à chaque ligne de son livre, dénote l'origine, a composé, dans la seconde moitié du XIIIe siècle, un poëme en vers de huit syllabes, sur la vie de saint Eloi. Il a puisé les éléments de son *rouman* dans l'histoire écrite par saint Ouen sur le bienheureux évêque de Noyon, son contemporain. Je crois que ce livre fut composé par un Noyonnais : l'amour des gloires du pays, n'a-t-il pas maintes fois inspiré des travaux destinés à perpétuer l'illustration du sol natal? Ces œuvres historiques ne sont point de celles où l'inspiration du poète se donne carrière en inventant des épisodes plus ou moins imaginaires (1).

Ce qu'on y remarque surtout, c'est une foi vive, un grand res-

---

(1) Voir au chapitre XL. — L'auteur désigne les habitants de Noyon sous le nom de *la gent nostrée*.

pect de la tradition pieuse, et la simplicité touchante avec laquelle l'auteur raconte les actes de son patron vénéré.

Ecoutons-le dire comment la charité brillait entre les vertus de saint Eloi :

....
Car par l'ecriture savoit
Que l'aumosne pour chelui prie,
Qu'il aura faite en saine vie :
L'aumosne donnoit de sa main,
Pour Dieu, non pour le los humain ;
Si que de partout aplouvoient
Li povre à lui et acouroient,
Si comme gent vienent à foire,
Ensi comme es à la cathoire.
Se par aventure avenist,
K'aucuns estranges hom venist,
Qui proiast que on l'asenast
A la voie qui le menoit
Tout droit en le maison Eloy,
On li disoit : biau frere, voi,
Par chele rue t'en iras,
Là sans faille où tu trouveras
De povres gens plus grand foison,
Trouveras lui et se maison.
....

Qui ne se sentirait ému de ce trait si simple et si touchant !

Je connaissais, par le catalogue imprimé des livres et manuscrits légués à la bibiothèque Bodleïenne d'Oxford, par Francis Douce (1), l'existence dans cette précieuse collection, d'un vieux livre écrit en vers, relatif à saint Eloi. Je me rendis dans cette ville. Ce ne fut pas sans une vive satisfaction que je pris communication de ce manuscrit unique, inconnu en France, et intéressant particulièrement la ville de Noyon, où, pendant plusieurs

(1) Le catalogue, in-folio, imprimé en 1840 et tiré à petit nombre, offre l'inventaire des livres et manuscrits qu'avait réunis ce zélé bibliophile. Consulter à ce sujet le *Bulletin du Bouquiniste*, troisième année, 1859, pages 9 et 121.

siècles, il avait été un des plus précieux ornements de la bibliothèque des religieux de l'abbaye portant le nom de Saint-Eloi.

Voici son signalement :

Il est écrit sur parchemin en caractères dits gothiques de la fin du XIIIe siècle. Le manuscrit ne contient aucune autre œuvre.

Les lettres initiales du titre de chapitres sont ornées, les rubriques sont en couleur rouge; quelques-unes offrent des miniatures très-soignées dans l'exécution.

En trois ou quatre places, on voit des traces de mutilation ; les premières feuilles ont été enlevées.

La couverture du volume est de couleur vert-olive; elle est en peau de cerf ou de daim. Le dos du volume est détérioré ; il laisse voir les nervures de la reliure.

Au bas de la page 118, on lit ces mots :

Ce petit livre appartient à l'abbaye de Saint-Eloi de Noyon.

Celui qui te desrobera
Esconiez de droit sera
S'il ne fait satisfaction
Le rendant à la maison.

Sur la garde de la couverture, à gauche, on voit une gravure format in-12, faite d'après Agostino Masaccio.

Elle représente saint Eloi très-jeune montrant au roi Clotaire deux selles placées sur une table basse. Au bas de la gravure on lit cette inscription italienne : *S. Eligio orna d'oro e gemme due selle a Clotario Re de Francia.*

Au revers de la première feuille est collée une gravure sur bois assez grossièrement faite; elle est de forme ovale et a cinq centimètres dans son plus grand diamètre. Le saint est représenté portant la barbe longue et touffue; il tient de la main droite sa crosse, et de la gauche un calice.

Enfin, sur le revers du dernier feuillet, on peut lire en caractères assez lisibles du XVIIe siècle, bien que l'écriture ait perdu beaucoup par l'altération de l'encre : *Ce présent livre a été perdu en l'an 1591, lorsque l'abbaye à qui j'appartiens fut prise et pillée, du temps de la Ligue, par Henri de Bourbon, roy de France et de Navarre, jusques en l'an mil six cent et cinq, au mois de febvrier. Il a été reconnu à Paris et racheté par damp Robert Le Roy, moyennant LX escus de LXIV sols* (1), *à un nommé Pierre Fleury, demeurant devant les halles, à Paris, à l'enseigne des* Trois-Jambes.

Il existe trois lambeaux du poëme enfouis dans la vaste collection des matériaux réunis par dom Grenier, qui cite ce passage :

Du noier qui secha si tost comme mesires Saint Eloy le maudit.

Un jour par mout caude saison,
Je ne sai pour quelle ocoison,
Erroit li sains et chevauchoit
La grand caurre qui l'encauchoit
Tant l'argua ....

Puis on lit cette note marginale :

« Vers extraits d'une œuvre ms. *transcripte* en l'an 1292, mais » beaucoup plus ancienne quant à l'histoire, qui est la vie de saint » Eloy. »

Vers la fin du XIVe siècle, la vie du célèbre évêque avait été peinte en miniature sur un rouleau de parchemin, qui existait encore dans le monastère de Saint-Eloi, à Noyon, au moment de sa suppression, en 1792.

Diverses portions de ce rouleau ont été dernièrement retrouvées à Noyon. Malheureusement, le parchemin avait été abandonné dans un grenier. Des enfants, en jouant, en lacérèrent la plus grande partie.

Voici ce qui en reste. Les scènes sont indiquées par des inscrip-

---

(1) Comme le parchemin est altéré à l'endroit indiquant la somme, bien que les deux lettres visibles ne s'accordent pas avec les chiffres romains indiquant 64 sous, valeur de l'écu, je n'ai pas cherché à y suppléer. Cette valeur, donnée à l'écu, me paraît même inexplicable. De l'an 1602 jusqu'à l'an 1625, on en fixa la valeur à 75 sous; l'*écu d'or au soleil a valu 65 sous* et non 64 sous (ce qui répondait, en 1789, à 10 livres 57 centièmes de livre), suivant les extraits publiés à cette dernière époque par Paucton, dans son ouvrage sur la métrologie (les monnaies). On voit du reste que l'auteur de cette indication, qui peut-être était un des moines du monastère de saint Eloi, gardait rancune au roi Henri IV; c'était sans doute un vieux ligueur.

tions latines. On trouvera ces dessins en regard des chapitres qui en donnent l'explication.

a *Quomodo terram supradictam a rege supplicando requirit.* — Le saint demande au roi une pièce de terre. Chap. XIV.

b *Quomodo terram a rege collatam iterum facit demetire.* — Il fait mesurer de nouveau la terre que le roi lui avait donnée. Chap. XIV.

c *Quomodo de invento pede amplius quam regi suggererat tristis et mœrens a rege veniam postulat.* — Trouvant un pied de plus que ce qu'il avait demandé au roi, il lui en demande pardon. Chap. XIV.

d *Quomodo reliquias beati Martialis ad basilicam a beato Eligio constitutam honorifice deferendo et tum tripudio jubilando incarcerati liberantur.* — Il porte avec pompe les reliques de saint Martial dans l'église qui lui était dédiée, et alors les prisonniers sont délivrés à leur grande joie. Chap. XV.

e *S. Eligius urbis parisiace commando* (sic), *ecclesiam beati Martialis ab incendio liberavit.* — Saint Eloi, comme un incendie dévorait la ville, en préserva l'église de Saint-Martial. Chap. XVI.

f *Quomodo in vigilia Sancti Dyonisii beatus Eligius in ecclesia ejusdem martyris quendam liberavit.* — Saint Eloi, la veille de saint Denis, délivra une personne dans l'église même. Chap. XX.

g *Quomodo beatus Eligius Parisius claudum in ecclesia Sancti Germani curavit.* — Saint Eloi, étant à Paris, guérit un boiteux dans l'église de Saint-Germain. Chap. XXIII.

h *Quomodo ad spectaculum astantes admirantur.* — Les personnes présentes à ce spectacle sont dans l'admiration. Chap. XXIII.

i *Quomodo in Gamappio vico claudum in ecclesia curavit.* — Il guérit un boiteux dans l'église du bourg de Gamaches. Chap. XXIV.

j *Quomodo beatus Eligius elemosinas erogando pauperibus signum crucis imprimendo cecum illuminavit.* — Saint Eloi, en distribuant des aumônes aux pauvres, imposa le signe de la croix à un aveugle, et lui rendit la lumière. Chap. XXVI.

k *Quomodo regina corpus sancti ad Chalam monasterium suum voluit auferre sed non potuit.* — La reine voulut transporter le corps du saint à son monastère de Chelles, mais elle ne put le soulever. Chap. LXX.

l *Quomodo leviter a duobus portatur qui antea a quampluribus moveri non poterat.* — Le corps que plusieurs ne pouvaient soulever est maintenant porté sans peine ni fatigue par deux personnes seulement. Chap. LXX.

m *Quomodo regina Batildis cum clero et populo sequentibus sequitur feretrum.* — La reine Batilde, avec ses clercs et le peuple joyeux, suit le cercueil. Chap. LXX.

n Parmi les feuilles de dom Grenier (1), un dessin évidemment calqué à la pointe sèche, sur une feuille qui manque aujourd'hui, montre le saint se disposant à faire un voyage et quittant Noyon. On lit cette inscription : *Quomodo predictus Ermesindus Eligium precedebat letus.* — Ermesinde, déjà nommé, était rempli de joie et marchait en avant du saint. Chap. XXIII.

Si, par un heureux hasard, on retrouve les autres parties du rouleau, on possédera un ensemble très-curieux des actes du saint.

Il est probable que ces miniatures furent composées à Noyon même.

L'art de *flourir*, *paindre* et *aourner* les manuscrits était pratiqué au XIIIe siècle dans cette ville par les habiles et modestes religieux de Saint-Eloi.

On trouve, à cet égard, des détails intéressants dans le livre des miracles de la Sainte-Vierge, mis en vers par Gautier de Coincy, religieux de Saint-Médard de Soissons, prieur de Vic-sur-Aisne, qui faisait l'envoi de ses vers à son ami, dom Robert de Dive, prieur de Saint-Blaise, celui, sans doute, qui mourut en 1249, tenant depuis 1230 la crosse abbatiale de Saint-Eloi de Noyon, ainsi que le fait remarquer M. l'abbé Poquet, auquel on doit cette

---

(1) Dom Grenier, dans son introduction à l'*Histoire générale de la province de Picardie*, publiée à Amiens en 1856, page 94, dit qu'à l'occasion du nom de *Sarrasins*, que ce terme fut employé au XIIIe siècle pour exprimer un ennemi du nom Chretien, comme il paraît, ajoute-t-il, par la vie de saint Eloi écrite en vers picards au même siècle.

Et les vix (vieilles) superstitions
Des sarrasines nations (liv. 2, ch. 2).
. . . .
Dont li Sarrasins desrée
Pour le non Dieu le clofichierent (liv. 2, ch. 9).
. . . .
Et abati par sa vallance
De la Sarrasine créance (liv. 2, ch. 11),

belle publication avec commentaires et reproduction des miniatures qui ornent le magnifique manuscrit sur parchemin conservé au grand séminaire de Soissons.

L'un de ces charmants dessins porte la souscription suivante :

Gautier envoie son livre à l'abbé de Saint-Eloi de Noyon.

« Envoyer son livre, dit M. l'abbé Poquet, à cet ami si pieux et
» si tendre, c'était une bonne fortune pour cet ouvrage. L'espoir
» du poëte allait plus loin : il comptait bien que cet ami le copie-
» rait et qu'il ornerait son livre de ces délicieuses miniatures qui
» donnent aujourd'hui tant de prix à nos anciens manuscrits. Le
» prieur de Vic commande donc à son livre de partir pour Noyon
» et d'y saluer, de sa part, son cher ami Robert. »

Li livres or tost, vat-en, vat-en
Va à Noion, plus n'i aten.
Bien sai-je que jor et nuit l'abée
Robert, qui m'a m'amour robet :
Mil foiz le me salueras;
Et lorsque contrescrit seras
Gardes d'aler, jamais ne fines
Salue my Roys et Roynes,
Dus, Duchesses, Contes, Contesses,
Evesques, Abbées, Abbesses
Moines et Clers, Rendus, Provoires
Toutes Nonnains blanches et noires
Et trestouz ceus communement
Qui de cuer aimment doucement
La douce Dame de pitié
Por cui amor j'ai tant ditié....

Plus haut on lit :

Qui que me tiengne à sot n'a saive
Mes au bon prieur de saint Blaise,
Mon ami, dom Robert de Dive (1)
Qui est un des moines qui vive,
Qui plus aimme la douce Dame....

---

(1) Dive appartenait au diocèse de Noyon, canton de Lassigny (Oise). Le ruisseau de Dive *(Diva)* prend naissance non loin de ce lieu et a donné

Vers la même époque, les pélerins et les personnes qui se vouaient à une dévotion particulière portaient des *enseignes* objets de métal, médailles, figurines, à la boutonnière ou à la coiffure; telle était la petite Vierge de plomb cousue sur le bonnet du roi Louis XI (1). M. Forgeais, qui a reproduit plusieurs de ces images dans une notice intéressante sur les plombs historiés trouvés dans la Seine, a bien voulu me remettre les clichés des trois dessins qui se rapportent à saint Eloi. Je transcris ce passage de son livre.

Plaque en plomb représentant saint Eloi forgeant sur une enclume; il semble accepter de la main gauche une bougie roulée que vient de lui offrir un personnage debout devant lui. A côté de ce personnage est un cheval. On sait que saint Eloi était invoqué pour les chevaux. Une prose pour sa fête, dans l'ancien Missel d'Amiens, dit :

Qui non negas opem brutis
Auge nobis spem salutis....

---

son nom au village, qui est d'ancien établissement. Il possédait autrefois un château fortifié dont il reste une tour et des ruines. Le cardinal Bertrand, seigneur de Dive, fit construire l'église en 1555. Dès l'année 988, Dive appartenait à l'abbaye Saint-Eloi de Noyon. Le hameau de Divette est une dépendance de Dive.

(1) Une enseigne de pélerinage en plomb, offrant l'image de Saint-Leu-d'Esserent, se trouve décrite par M. le Président de la Société Académique de l'Oise dans le tome II, page 410, de ses Mémoires, année 1854.

D'après le caractère des figures, on peut faire remonter cette enseigne à la fin du XIIIe siècle.

Autre plaque de plomb, carrée; aux deux extrémités inférieures, deux trous qui servent à fixer l'enseigne sur le vêtement, et à sa supérieure une bélière pour suspendre l'image; elle se trouve aussi gravée dans les *Mémoires de la Société Académique de l'Oise*, tome II, page 417.

Saint Eloi est debout, revêtu des ornements pontificaux; de la main gauche il tient la crosse, de la droite il bénit son client, personnage debout qui élève, des deux mains, une bougie roulée, et devant lequel se trouvent deux béquilles. Entre les deux personnages est placé un autel sur lequel est un calice surmonté d'une patène. (Chapitre xx des miracles de saint Eloi.)

Le mot Eligius, par une erreur du graveur, a été tracé dans le sens rétrograde.

M. Forgeais signale, d'après Saint-Foix, une bougie (apparemment roulée) aussi longue que le tour de l'enceinte de Paris, que le prévôt des marchands et les échevins présentèrent à l'église de Notre-Dame de Paris, en 1355, pendant la captivité du roi Jean.

Le nom de l'auteur du poème en question n'est pas, comme l'a dit l'abbé de La Rue dans son ouvrage sur les Trouvères, Bardes et Jongleurs (1), Girbert de Montreuil, auteur du roman de la *Violette* ou de *Girard de Nevers* et de *la belle Euriant*. On verra, à la fin du livre, que c'était un Gérard de Montreuil et non Girbert ou Girbers qui *escrivit* seulement le poème de saint Eloi, ainsi qu'il le déclare dans une note placée à l'explicit, laquelle ne fait nullement corps avec l'ouvrage.

Lorsque les trouvères voulaient faire connaître leurs noms, d'ordinaire ils les faisaient entrer dans leur création elle-même. Gérard de Montreuil (2) n'est donc, comme l'a dit dom Grenier, qu'un simple transcripteur, en l'an 1294, d'un poème dont la versification est évidemment plus ancienne que la fin du XIIIe siècle. Cependant ce savant, dans son introduction à l'*Histoire de Picardie*, page 51, parait revenir à ce sentiment, car il s'exprime ainsi : Gérard de Montreuil est fameux par la vie de saint Eloi, composée en latin par saint Ouen, qu'il a mise en vers français. Il est dit, à la fin du troisième et dernier livre, qu'il a fini de l'écrire le dimanche après la Saint-Eloi d'été 1294.

Il a composé, dans le même temps, un poème assez prolixe sur l'*Ave Maria;* on y voit répété à chaque strophe ce vers :

Ave dame a V lettres (3).

---

(1) Trois volumes in-8°, 1834.

(2) Le nom de Montreuil peut s'appliquer à plusieurs localités, même en Picardie.

(3) Parmi les *Salus Nostre Dame*, par Gautier de Coincy, il en est un auquel s'applique la note de dom Grenier, dont la mémoire a été infidèle

Il y a, comme on le voit, contradiction entre ces deux opinions du bénédictin de Corbie.

Le poëme de la *Violette* est dédié par Girbert à Marie de Ponthieu, qui épousa, dès l'an 1208, Simon de Dammartin, comte d'Aumale, ce qui fixe l'époque approximative de sa composition.

Cette différence de quatre-vingt-six ans entre les deux dates prouve qu'on doit les regarder comme deux personnes tout-à-fait distinctes. Cependant M. Francisque Michel, qui a édité le roman de la *Violette* il y a quelques années, n'élève aucune objection sur l'identité du personnage. M. Amaury Duval, auteur de l'article Gibert de Montreuil (1), termine ce chapitre biographique en rappelant l'opinion de l'abbé de La Rue; il déclare ne pas connaître le poëme et regrette que ce dernier n'en ait cité aucun fragment.

Dès l'année 1626, un chanoine de Noyon, l'archidiacre Louis

---

quand il l'a attribué à Gérard de Montreuil. Les stropes suivantes sont extraites de la pièce *Ave Maria,* qui en contient vingt-huit.

> *Ave M, ave A, ave R Y et A.*
> En ces cinc saintes lettres moult de joie out et a....
>
> *Ave*, Dame au cinc lettres qui nommée ies Marie.
> Buer fu né de sa mère qui à toi se marie....
>
> *Ave,* Dame as cinq lettres qui à fins cuer entiers
> Qui le diable enchantent tuit cil qui volentiers
> De toi lisent et chantent en paradis seront
> Menée tout en chantant tuit cil qui de toi chanteront.
>
> *Ave*, Dame qui es i royne des archanges
> Royne des apostres, des vierges et des anges....
>
> *Ave*, Dame au douz non, douce et plus que mielée;
> Quant je nom ton douz non, la bouche en ai mielée....
>
> *Ave*, Dame, ton nom pooir n'ai de descrire;
> Plus i gist de bons moz n'ait de goutes en Crise.... *(a)*

(1) *Histoire littéraire de la France,* in-4°, tome XVIII, page 50.

(a) Cette petite rivière tombe dans l'Aisne, près de Soissons.
Cette composition se rapporte pleinement à celle désignée par dom Grenier.

de Montigny avait publié une traduction en français de la vie de saint Eloi par saint Ouen.

Un autre traducteur, Levesque, à la fin du même siècle, fit paraître à Paris, et dédia à la corporation des orfèvres de cette ville, une version française sur le texte latin de dom Luc d'Achery. C'est, comme la précédente, une paraphrase calquée sur le modèle.

J. Levasseur a publié les homélies et les réflexions sur la vie de saint Eloi dans son livre intitulé le *Cry de l'Aigle.*

M. Ch. Barthélemy, de Paris, qui a publié, en 1847, in-8°, en tête de la traduction de la vie de saint Eloi, une bibliographie, a omis de citer le présent poëme.

Je me suis proposé de relever, dans les notes jointes au texte, le plus grand nombre des mots usités au XIIe et XIIIe siècles dans le langage et conservés dans le patois picard, tandis qu'ils ont disparu de la langue française actuelle. Ces éclaircissements philologiques ne paraîtront pas, je l'espère, inutiles aux personnes de notre province qui, peu familiarisées avec les textes, attendu que le dialecte et l'orthographe subirent de siècle en siècle des modifications nombreuses, pourraient ne pas saisir le sens de certains mots maintenant perdus ou profondément altérés.

C'est pour cette même raison que j'ai placé les accents qui facilitent la lecture et servent à scander les vers.

Je m'acquitte avec bonheur d'un devoir : c'est un remerciement à MM. P. Paris et Ed. Duméril, qui m'ont donné gracieusement leurs bons avis et d'utiles indications pour mon travail.

SOMMAIRE DES CHAPITRES.

20° D'un contrefait qui fut sauvé de grave maladie, et de ses nerfs qui étaient contractés.

21° Il redressa les doigts crochus d'un infirme qui avait eu sa main sèche dès son enfance.

22° Il fit qu'un tonneau où il ne se trouvait que deux pots de vin fut tout rempli.

23° D'un Espagnol qui n'avait pas quitté son lit depuis neuf ans, et à qui il rendit la santé.

24° D'un infirme qui fut guéri de son mal cruel : il avait ses membres estropiés.

25° Il avait donné aux pauvres tout son argent, et ensuite il trouva en sa gibecière une pièce d'or qu'il leur donna.

26° De l'aveugle qui recouvra la vue aussitôt que saint Eloi eût fait une croix sur ses yeux.

27° Les ornements que des voleurs avaient enlevés de l'église Sainte-Colombe, à Paris, y furent rapportés.

28° Il ressuscita un homme qui avait été pendu tout un jour, et le délivra de ses ennemis.

29° Il fit des sépulcres pour plusieurs corps saints. Il les tirait de terre et les plaçait d'un lieu dans un autre.

30° Les savants clercs allèrent à Rome pour détruire la fausse loi des incrédules hérétiques.

31° Le martyre d'un apôtre de Rome qui fut martyrisé pour avoir exalté la vraie foi chrétienne, et fut envoyé en prison à Constantinople.

32° D'un hérétique que messire saint Eloi fit bannir de tout le royaume de France pour ses hérésies déloyales qu'il voulait prouver être bonnes.

33° D'un hérétique qui fut banni de Paris, parce qu'il entretenait le peuple de son hérésie.

34° D'un autre hérétique que saint Eloi fit mettre en prison pour son hérésie.

35° La simonie fut ôtée du royaume de France par les soins de Monseigneur saint Eloi.

36° Défense fut faite par toute la France que nul ne vendît les biens de la sainte Eglise.

37° Il fut élu évêque de Noyon et fut renommé comme savant clerc malgré sa volonté et son dédain (des honneurs).

38° Il fut évêque de Noyon, et Saint-Ouen, de la ville de Rouen.

39° Il reçut les ordres sacrés, et conserva la charité pour les pauvres; il les aidait en leurs besoins, et retourna après son sacre à Noyon, portant la haire.

40° Il parcourait l'évêché, et priait, et désirait d'être martyrisé.

41° Il fonda une abbaye de nonnes dans la ville de Noyon.

42° Maurin se vanta qu'il trouverait saint Quentin, et pour cela les vers lui tirèrent l'âme hors du corps.

43° Le corps de saint Quentin fut trouvé, et saint Eloi le mit dans l'église de Saint-Quentin.

44° Il trouva saint Crépin et saint Crépinien, et les mit dans une châsse.

45° Il trouva saint Lucien de Beauvais.

46° Il convertit les Anversois et les fit devenir bons chrétiens.

47° Les diables sortirent du corps d'un enfant où ils étaient restés longtemps.

48° Le diable était entré dans le corps d'une femme; et au commandement de saint Eloi, il sortit dehors.

49° Il enseigna à son valet un vase qu'un voleur lui avait soustrait et emporté.

50° Les prisonniers furent délivrés malgré les chevaliers qui les gardaient.

51° Il s'en retourna à Noyon et prêcha au peuple la vérité de l'Ecriture.

52° D'une tonne de vin qui était vide, et fut pleine aussitôt que saint Eloi l'eut vue.

53° Du vilain qui voulait enlever à saint Eloi son bois; il l'excommunia, et celui-ci tomba mort à ses pieds.

54° De cinquante-cinq forcenés qui avaient perdu le sens, et furent sauvés par son commandement.

55° Du prêtre que saint Eloi interdit; celui-ci voulut sonner, et il ne le put.

56° Du noyer qui sécha aussitôt que saint Eloi l'eut maudit.

57° Comment fut guéri un diacre.

58° Du prêtre qui tomba frappé de mort subite, et que le saint ressuscita.

59° Il prophétisa la mort de Flavade et la vie de Willebaut, et fit d'autres prophéties.

60° D'un abbé à qui saint Eloi dit que le diable avait envahi son abbaye et les moines.

61° Il prophétisa la naissance du roi Lothaire, et fut son parrain aux fonts baptismaux.

62° Ici commence le glorieux trépas de Monseigneur saint Eloi.

63° Ses disciples avaient un grand deuil de son glorieux trépas.

64° Il reconforte et apaise ses disciples, qui menaient grand deuil.

65° Il pria Dieu de leur donner un pasteur qui gouvernât bien l'évêché.

66° Ses disciples le regrettaient et pleuraient, et menaient grand deuil.

67° Il pria notre Seigneur de le recevoir, et les anges le portèrent en paradis.

68° Tous ceux de la cité pleuraient et menaient grand deuil pour sa mort.

69° La reine de France vint à Noyon, ayant avec elle une nombreuse suite.

70° La reine Batilde veut le porter à Chelles, son abbaye.

J'ai cru devoir placer en tête de chaque chapitre le texte *roman* et la traduction la plus rapprochée, en vue de faciliter la recherche des actes du saint.

LES MIRACLES DE SAINT ELOI.

I

Des parents de saint Eloi et du lieu de sa naissance.

—

....

II

Du présage qui fut révélé à sa mère au sujet de sa naissance.

—

....

III

Des mœurs parfaites dans lesquelles il grandissait.

—

....

IV

Il quitte sa patrie et vient en France.

—

....

V

Sur deux siéges ornés d'or et de pierreries, qu'il rendit au roi Dagobert, au lieu d'un seul pour lequel la matière lui avait été fournie.

—

........................[1]
Non, fesist-il dusc'à Calais,
Ne de Calais dusc'à Biaucaire,
Qui chele euvre péust parfaire,
Si come il l'avoit pourpensée,
Et dedens son cuer devisée.
Bueves[2], li tresoriers le roy,
Quant de mon seigneur saint Eloy
Connut l'engien soutil et bon,
Il li demanda savoir mon[3]?

---

[1] Les quatre premiers chapitres du manuscrit ont été déchirés; le titre et le commencement du cinquième chapitre ont été aussi enlevés; le dernier vers se terminait en *ais* pour rimer avec Calais.

[2] Beuve.

[3] On dit aujourd'hui dans le patois picard : *Ah! mon?* pour n'est-ce pas?

Se chele euvre faire porroit
Si comme ses cuers desieroit.
Il li respondi humlement
Qu'il le feroit legierement.
Li tresoriers, isnel le pas,
S'en vint au roy plus que le pas,
Et dist, Sire, trouvé avons
Tel maistre dont nous bien savons,
Qui nostre euvre si bien fera
Comme vos cuers devisera [1].
Quant li rois la parole oï,
Dedens son cuer s'en esjoï;
Prendre fist dedens son tresor
Estoffe de gemmes [2] et d'or,
Et au tresorier le livra.
Li tresoriers s'en delivra,
Entre les mains Eloy le mist.
Li sains, qui bien s'en entremist,
Commencha l'uevre isnelement,
Et le furni mout noblement.
La sele fist et noble et boine [3].
Diex qui le bien as bons foisonne
Entre ses mains le foisouna :
·I· seul pois d'or com li douna
Seulement pour faire une sele.
Faus est qui en la foi canchele [4]
Qui autretant [5] aroit en soi
De vraie créanche et de foi,
Comme uns grains de senevé monte,
Si comme la letre [6] raconte,
Sachiés que falir ne porroit
Qu'il ne fesist quanqu'il vorroit.
Li sa(i)ns, qui ot vraie créanche,
Et en Dieu toute sa fianche,
·II· seles fist d'un tout seul pois,
Si que la monte [7] d'un seul pois
Ne fu mie mains pesans l'une
De l'autre, car, pour voir [8], cascune
Ert de tel pois entierement
Com il rechut premierement.
Nus hom qui chele euvre véist
Ne pot quidier qu'il le féist;
Mais li sains hom sans trecherie,
Sans tote vilaine putie,
Sans aucun amenuisement,
D'une puioise [9] seulement,
Sans barat et sans convoitise
Fist l'ouvrage qu'il ot emprise;
Il ne vaut pas siervir la gile [10]
De mains ki sont en mainte vile,
Qui del argent prendent la disme
.... [11]
Dont dient [12] : par le fu poise mains :
De ceus i a encore mains
Qui che font, mais li loiaus hom,
Par boine foi, sans mesproison,
Mist tout en preu, car bien savoit
K'en male foi nul bien n'avoit.
Quant li sains ot bien assoumée [13]
L'uevre, et à droit achesmée;

---

[1] *Parlera*, toujours usité en Picardie.

[2] Pierres précieuses.

[3] Il s'agit, non d'une selle écuyère, mais d'un siége orné ou d'un trône. Ce qui le prouve, est le passage rapporté par M. Barthélemy et tiré des étymologies d'Isidore de Séville : *Sellularii dicti opifices qui sedendo opus faciunt*. On appelle *sellulaires* les ouvriers qui font des siéges pour s'asseoir.

[4] *Falsus*-Faux.

[5] Pareillement.

[6] La sainte Ecriture

[7] Le montant.

[8] *Verum*, vrai.

[9] Poignée.

[10] Guille, tromperie.

[11] Il manque ici un vers.

[12] Disent-ils.

[13] *Achevé;* assommer, se dit actuellement dans le sens de frapper.

Il le porta isnelement
A court [1], et mout séurement
Près lui, sus sa senestre aissele,
Repoust, et esconsa la sele
Qu'il du sourcrois fist daérraine :
Au roi bailla la premeraine,
A tel pois comme on li livra.
Quant li rois le vit, mout prisa
Le biauté de l'uevre et l'ouvrier :
Il commanda que tel louier
Li rendist-on de se demaine [2],
Que bien i fust sauve sa paine.
Lors mist avant li sains la sele,
Qui n'iert pas mains riche ne bele
Qu'ert la premiere, et maintenant
Li dist: Sire, le remanant
De l'or ai mis en chest ouvrage,
Qu'il ne fust tournés à damage,
Ou perdus par ma negligense.
Quant li roys vit en sa presense
La sele, il fu tous abosmés,
Comme s'il fust enfantosmés
De la parole qu'il ooit,
Et del miracle qu'il véoit.
Lors li enquist s'estre péust
Voirs, que les ·ii· seles éust
Faites de cel pois sainglement.
Quant li rois sot certainement
Que voirs estoit, l'uevre prisa,
Et maintenant autorisa
L'orfevre de haute loenge,
El dist par iche fait [3] enten-ge
K'en grans coses te porra-on,
Croire par droit et par raison.
Par l'ocoison de cel ouvrage
Ot-il le premier tiesmoignage,
Et boin los, et palais roial,
Et pour sa foi saine et loial,
Estoit dignes c'on le créist,
Et c'on l'ounerast et chierist.
De che fu bien autorisiés;
Orfevres iert boins et prisiés,
El monde ne trouvast-on mie
Tant sage en l'art d'orfaverie.
Par son très saint contenement,
Deservi qu'il ot plainement
La grasse le roy, et le pais,
Et l'amour de chiaus du palais.
En ferme foi est catholikes,
Et fers en tous biens autentiques :
Cascun jour, par la Dieu aiue
Qui li estoit propisse et piue,
Croissoit et s'onneurs et ses nons [4]
De miex en miex, et ses renons.

VI

Il proia le roy qu'il le relaissast qu'il ne le fesist jurer sour les cors sains, et il si fist.

Il pria le roi de l'exempter de jurer sur les corps saints. Le roi céda à sa demande.

Sains Oains [5] ki fist chest istoire
Fait chi endroit de lui memoire :
Ensi comenche la leçons,
Et dist: Quant jou ere enfanchons,
Et o le roi à court manoie [6],
Moi souvient bien que jou estoie

[1] A la cour.
[2] De son travail.
[3] *Hoc facto.*
[4] Son nom.
[5] Saint-Ouen.
[6] Et que je restais avec le roi à la cour.

Un jour en Roeteloi [1] et vi,
Je ne sai mie bien de fi [2]
Pour quel cause, mais que li roys
Commanda proprement que Eloys
Sour les cors sains se main tendist,
Et ·i· sairement li fesist.
Mais li sains hom qui Dieu cremoit [3]
Et les cors sains de cuer amoit,
Proia le roy que boinement,
Le relascast du sairement.
Tele angoisse ot, et tel pesanche,
Ne se tenist pour toute Franche
Que, voiant tous, ne larmoiast
Des iex du cuer, et souspirast,
Pour che, pour voir, que il cremoit
Le roi courechier qu'il amoit;
Mais che li estoit plus contraire
Metre les mains au saintuaire.
Lors que li roys le vit dolant
Et de fine angoisse plourant,
Bien nota sa devotïon,
Si en ot grant compassïon,
Ne le vaut de plus efforchier,
Car trop le doutoit [4] courechier :
Benignement le radoucha,
Et douchement le radrecha,
A le pais de sen cuer ravoir.
Lors maintenant li fist savoir
Par lui, nient par autrui, et dist
Et, à liet samblant, li proumist
Que dès ore mais l'ameroit
Miex ke devant, et plus kerroit
Par sa parole seulement,
Que s'il éust fait le sairement.

VII

Diex rechut la proiere saint Eloy et fist aperte confession très l'eure qu'il avoit esté nés.

Dieu reçut la prière de saint Eloy, qui fit une confession publique des fautes qu'il avait commises dès son enfance.

—

Un poi après chele saison,
Passé avoit ja li sains hom
Tout le tans de s'adolescence;
Il remira sa conscïenche,
Et vit que ja iert en l'éage
D'omme, en tel que tout son usage
De bien en miex cangier [5] déust
Et miex faire que fait n'éust;
Il pensa qu'il s'esmiëroit,
Et sans delai dediëroit
Lui tout à Dieu, et ame et cors,
Et par dedens et par dehors,
Car il cremoit c'aucuns pechiés
Dont il fust d'arriere entechiés [6]
Ne li troblast tout son afaire,
Et tout le bien qu'il déust faire.
Lors le mit en s'entencïon [7],
Que par vraie confessïon,
Et que par vraie penitenche,
Porroit purgier sa conscïenche.
Au priestre ala tout mot à mot,
Li dist quanque dict et fait ot
Puis che qu'il fust de mere nés,
Et en saint baptesme renés [8].

---

[1] *Rotoilo in agro*, Ruel.
[2] Sur ma foi.
[3] Craignait.
[4] Redoutait.
[5] Mot du patois picard actuel.
[6] Précédemment.
[7] Sa pensée.
[8] *De renasci*, renaître.

Par lui méisme prist austere
Penitenche, dure et amere;
Pour noient plus grant carchast-on:
Il prist l'escu et le baston,
L'esperit arma pour combatre
Contre la char, et pour combatre,
Et plaisier de mortel delit,
Par le vigeur du Saint-Esprit.
Queles sont les armes qu'il prist?
Li apostres bien les descrist,
Que je bien nommerai cascune;
Che est labeurs, vielle [1], jéune,
Passïenche et humilités,
Et la parfaite carités.
De ches armes et d'orisons,
Campissoit [2] li benéois hons
Encontre le carnel carongne,
Et pour faire miex sa besoigne,
Metoit les ardans inferneus
Encontre les caurres [3] carneus;
Che est à dire qu'il pensoit
En son cuer que plus aigres soit,
Que plus grieve une estinchelete
Du feu d'infer en une eurete [4],
Que trestout le fu ne feroient [5],
De tous les bos qui ore soient,
Qui ensamble les meteroit,
Tous les jours que Dix viveroit:
Car che que adès avoit peur,
Li sains de chele ardant pueur [6],
Qui tous tans art [7] et tous tans dure,
Fourclooit l'ardure de luxure;

Il mengoit mains qu'il ne soloit,
Car à lui méisme toloit
Le pain et l'autre warison [8],
Purement en l'entencïon
Qu'en la contrée des archangles
Fust sasiés [9] del pain des angles.
Paile ot le vis, et escarné [10];
Maigre le cors, sec et tané [11],
Par jéune et par abstinenche;
Mais par chele grief penitenche
Iert vigereus li esperis,
Qui tous tans est enameris [12]
D'aler lasus en chel païs,
Que on apele Paradis.
De tant con plus li souvenoit
Et plus souvent li revenoit
En memoire la grans grietés [13],
La grans paine, la grans grietés [14]
Des tourmens d'infer perdurables.
De tant plus ert fers et estables,
Et volentiex de soustenir
La paine qui pooit fenir:
Il prioit Dieu mout coreument [15]
Qu'il la finast perennelment
De sa sainte grasse et des dons
Qu'il a promis à tous les bons,
Qu'il péust estre escris et pains
En la letanie des Sains.
Tele ert nuit et jour s'orisons,
Car chartre oscure et gries prisons
Li sambloit estre cheste vie,
Car trop i a de pusnaisie.

---

[1] Veille.
[2] Tenir camp, soutenir la lutte.
[3] Chaleurs.
[4] Petite heure.
[5] On prononce *fu* aujourd'hui pour le feu, patois picard.
[6] Puanteur.
[7] Brûle.
[8] Provision de vivres.
[9] Rassasié.
[10] Visage décharné.
[11] Secret.
[12] *In amore.*
[13] Tourments.
[14] Inquiétudes.
[15] Cordialement.

Adiès resongnoit [1] durement
Le jour du destroit jugement,
Et chele sentense bifaire [2]
Qui as felons sera contraire,
Et as eslis plaisans et bone;
Car dont aront double couronne.
Bifaire apel-jou ma sentense,
Car mout i a grant differense
Entre *Ite* et *Venite*.
Chieux à qui Diex dira : *Ite*,
Lors en infer descenderont,
Perpetüelment i seront :
Tant i duërra li martires,
Comme Diex ert et roi et sires.
Encontre cheles saintes ames
Des bons eslis, d'oumes, de femes,
Lorsqu'il orront le *Venite* [3];
O Dieu iront en la chité
De paradis, à grant baudoire [4] :
Si i aront pleniere gloire.

VIII

Il dist à sainst Ouin son secrê [5] et le vision qui li angle li ot monstrée, et s'acointa à lui mout debonnairement.

Il raconta à saint Ouen, en secret, une vision céleste qu'il avait eue, et se lia d'amitié avec lui.

D'iluec après, en ·I· tempoire,
Li sains hom de sainte memoire
Proia Diu mout devotement,
Que par son saint commandement,
Et par sa très pleine poissanche,
Li donnast aucune monstranche,
Pour quoi connoistre li fesist
Et entendre sen gré presist :
La penitanche qu'il faisoit.
En la cambre où li sains gisoit,
Tout droït de sor son lit en haut
Pendoient à ·I· escaffaut
Et filatières [6] et reliques.
De mout haus cor sains antiquites.
Li sains acoustuméement
Soloit par nuit privéement,
Le chief cliner [7] desor la haire,
Ourer desous chel saintuaire.
Pour privées orisons faire,
A terre avoit mis son vïaire [8] :
Soumaus li prist soudainement,
Il s'endormi soudainement.
En méisme che soudain somme,
Vit devant lui ester ·I· homme,
Qui douchement l'araisonna,
Et par son droit nom le nomma,
Et dist : Eloy ! saches de fi [9],
Pour voir te di, pour voir t'afi [10],
Oïes sont tes orisons,
Rechute [11] est ta petitïons :
La monstranche t'est otroié
Que jadis avoies proïé ;
Che ert que bien à Diu plaisoit,
La penitanche qu'il faisoit.
Après la sainte visïon,
S'esveilla li saintismes hom ;

---

1 Repassait dans son esprit.
2 En deux expressions, bis-fari.
3 Avec.
4 Réjouissance.
5 Secret.
6 Reliquaires phylactériens.
7 Incliner.
8 Visage.
9 Par ma foi.
10 Je t'assure.
11 Reçue.

De douche oudour senti ·I· flair,
Qui toute emploit et lui et l'air,
Et sour son chief senti, pour voir,
Soues goutes souef plouvoir [1],
Qui del escaffaut descendoient,
Où li saintuaire pendoient.
Tous esbahis se leva sus,
Il regarda et sus et jus,
Et esgardant et escoutant,
Ala tant qu'il vit degoutant,
Si comme basme de Crimaire [2],
Et del drap qui le saintuaire
Couvroit par droite acoustumanche,
Si s'espandoit la grans flagranche [3]
De chele très souef odour,
Que tout de lui iluec entour
Ot si empli selonc l'istoire,
K'a paines en son dormitoire
Péust li sains hom demourer
Une seule eure pour ourer.
Lors li souvint de la proiere
Qu'il avoit faite el tans d'arriere;
Dedens son cuer s'esmerveilla
De Dieu que si le conseilla.
Par sa grant deboinaireté,
Et par sa douche pïeté
Des iex ploura, des iex gemi,
Dieu merchïa et beneï,
Qui chaus qu'il aime ne guerpist,
Apareilliés est d'ïaus servir.
Li sains hom compaignon avoit,
Autretant comme lui l'amoit,
Chel sien compaignon apela,
Tout son secré li revela?
Tout en ordre chele aventure,
Si comme ele est en l'escriture.

Tant fist que chil li otrïa
Che que par amour li proïa;
Che fu que tant com il mansist
En vie, à nului ne desist
Chel sien secré. Chis siens compains
En droit non ert nommés Oains [4],
Dado fu ses sournons; il ert
Boins clers eslis, encore i pert:
Car de son sens fist chest istoire
De tant fait e le miex à croire.
Quant chil compains ot tout oï
Che que li sains li ot gehi [5]
....
.... [6]
Honnesté qui de lui couroit,
Tant le créoit et honneroit,
Qu'il l'envoioit à son tresor,
Et li livroit l'argent et l'or,
Sans pois, sans nombre et sans mesure;
Car li sains hom qui n'avoit cure
De boursier, si bien l'emploioit [7],
Que de rien ne l'en fournoioit.
La mors qui haus et bas atrape,
Qui tous prent, et qui nus n'escape,
Teus est ses us et sa maniere [8],
Lothaire traist à sa baniere
Le roy de Franche, quant Diu plot.
Ses fiex Dagombiers, après ot
L'ounour del regne en sa ballie,
Et tint toute la monarchie.
Quant chil rois vint à la couronne,
Il ot prisé matere bonne
As bones meurs, que par usage
Tint ses peres tout sen éage,
Car mout honneroit sainte Eglise,
Mout amoit Dieu et son servise,

---

[1] Des gouttes douces, pleuvoir doucement.
[2] Baume de saint chrême.
[3] Se répandait.
[4] Saint-Ouen.
[5] Avoué.
[6] Ici manque un feuillet du manuscrit.
[7] D'emplir sa bourse.
[8] Telles.

De si très grant amour amoit
Le saint homme, qu'il le clamoit
Pere et seignor; et li sains hom,
Pour son boin los, pour son renon,
Estoit si ses familïers,
Qu'il en pesoit as losengiers [1].
Li mal parlier, li non sachant,
Qui ne vont se mal non cachant,
Grant envie de lui avoient;
Pour che seulement le haoient [2];
Que li rois l'amoit et créoit [3],
Et pour che que il mout haoit
Orguel, menchoigne et trecherie [4]
Et sans faille losengerie.
Li preudoume mout chier l'avoient,
Pour che que vraiëment savoient,
K'en lui n'avoit point de putie,
Et qu'il menoit houneste vie,
Et toute avoit s'ententïon,
A devine religïon.

IX

Il délivroit les prisonniers, et racatoit de che que li roys li envoioit. Il racatoit les ketis, et les revestoit, et dounoit du sien mout largement.

Il délivrait les prisonniers, et de ce que le roi lui donnait, rachetait les captifs, les vêtissait, et leur donnait largement du sien.

—

De jour en jour, de miex en miex,
Avoit li sains tendu les iex
Del cuer et toute sa pensée
Vers la glorieuse contrée
Ou li saint ont pleniere joie:
Sien veul ja fust à la monjoie
Qu'il le péust de plain veïr:
Par le conseil de sen desir,
Faisoit de soi grant discipline.
Sa char tint maigre et miserine;
Ne ne le vaut trop apasteler [5]
Qu'ele ne péust reveler.
Orfevres iert et bons et sages,
Et faisoit mout riches ouvrages,
Pour che que loiaument ouvroit,
D'or et de gemmes manouvroit
Trestout che qu'il ert necessaire,
Et qu'il li commandoit à faire.
Il séoit en l'orfaverie [6],
Car point n'amoit oiseuse vie,
Des mains ouvroit, de cuer ouvroit;
Contre lui d'autre part séoit
Tions [7] qui estoit proprement
Ses desciples nient seulement,
Del art qu'il avoit entre mains,
Mais sans le plus et sans le mains,
Briément dirai qu'il sivoit [8]
Les boins usages k'il véoit:
En son maistre fu si estruis [9],
De si boines meurs que je truis
Que il, qui ert nés de Gascoigne [10],
Vie mena puis de saint moine.
Je truis [11] du glorieus Eloy,
Qui tant ama la sainte loi,

---

1 Aux flatteurs.

2 Haïssaient.

3 Car.

4 Mensonge.

5 En patois picard : on apatèle un enfant avec la bouillie, avec la pâte : un enfant bien nourri est un gros patelot.

6 Dans son atelier d'orfèvre.

7 Tillon, Saxo, sive Anglus, *vernaculus ejus*, son compatriote et orfèvre habile. Il fut abbé de Solignac, puis évêque de Maëstrecht, et se retira plus tard dans un désert en Auvergne. Vernaculus s'emploie aussi pour domestique; ici je préfère la première acception.

8 Suivait.

9 Instruit.

10 Les gens de cette contrée n'étaient pas en bonne odeur, alors.

11 Je trouve.

Et toute devine escriture,
Entrues [1] que il avoit sa cure,
Et ses mains al orfaverie,
Devant lui sour une establie,
Avoit adès [2] ouvert le livre [3].
Il ne voloit pas oiseus vivre,
Qu'il aucune euvre ne fesist
De ses mains, ou qu'il ne lesist,
Car bien savoit et entendoit,
Que Diex ensi le commandoit :
Ensi ouvroit de ·II· ouvrages;
Des mains faisoit humains usages,
Et toute sa pensée avoit
A l'escriture qu'il véoit.
Ses sains renons iert si espars,
Partout le mont en toutes pars [4],
Que se de Rome et d'Alemaigne,
Ou de la perfonde Bretaigne,
Ou de Hollande ou de Saisoigne,
Venissent, pour aucun essoigne,
Aucunes gens au roi de Franche,
Ou pour faire aucune alianche,
Ou aucune legassïon;
Lors saus point de dilatïon,
Anchois [5] qu'ils véissent le Roy,
L'ostel mon seigneur saint Eloy
Queroient [6], tant qu'il le trouvoient,
Ou pour che que mestier avoient,
Que par carité les péust,
Ou que conseillier les déust
D'aucun conseil s'il li quesissent,
Ou qu'il boin essample presissent,
En ses euvres et en ses dis.
En tous les jours, en tous les dis [7]
Qu'il ajournoit, à luï venoient,
Et de toutes pars s'avoient [8]
A grans tourbes et à grans flotes,
Moine noir, moine à grises cotes, [9]
Et autres gens religieuses,
De lui véoir mout curieuses;
Et il, quanques pooit avoir
D'or et d'argent et d'autre avoir
Ou en ausmosnes le donnoit,
Ou par racat deprisonnoit
Les prisonniers ki povre estoient [10],
Qui racater ne se pooient,
Et deviers lui traioit la proie
Qu'il racatoit de sa monnoie,
En che faire ert toute s'entente.
Quant il savoit k'iert [11] mis en vente
Aucuns ketis [12], tantost livroit
Le pris, et lors le delivroit.
Mainte fois l'aventure avint,
Qu'il racatoit bien dusc'à vint [13]
Caitis, ou XXX ou bien L,
Si comme la lettre le cante;
Et largement dounoit avoir,
Pour cens quites et frans avoir.
Quant aucune fois avenoit
C'aucune nes [14] à port venoit,
Qui des caitis ert auques plaine,
De son mueble propre demaine
Racatoit bien dusc'à ·C· ames,
Homes, enfans, pucheles, dames,

---

[1] Tandis, *interdùm*.
[2] Toujours.
[3] L'évangile.
[4] Monde.
[5] Avant, *antequàm*.
[6] Cherchaient.
[7] *Dies*-jours.
[8] Se mettaient en route.
[9] A cottes grises.
[10] Pauvres.
[11] Qu'était.
[12] Chétif, *captivus*.
[13] Vingt.
[14] Nef, *navis*.

Que li marchéant amenoient,
Qui de diviers païs venoient,
Et tenoient en lor prisons,
Roumains, Bretons, Gascons, Frisons,
Et Saissongnois [1] méismement,
Qui dont erent espessement
De lor propre liu esrachié,
Et fors de lor païs sachié,
Et de mout lieus à loi dois-ons [2],
Mené loins en Caitivisons;
Chi me tiesmoigne l'escriture,
Que se li sains par aventure
Souffissaument près lui n'éust
Or ou argent, donc ne péust
Esligier à sa volenté,
Des ketis la très grant plenté,
Que il véoit en vente mis,
Lorsque faisoit li Dieu amis,
Pour aus vers lui traire et ravoir,
Quanqu'il pooit el monde avoir,
Fors sen propre cors seulement,
Trestout donnoit outréement,
Ni demouroit nes la chainture;
Toute donnoit sa vestéure,
Et tout son vivre necessaire;
Et quant il plus ne pooit faire,
Sans demourer, et sans atente,
Faisoit traire se cauchemente [3]
De ses piés, en l'entencïon
De bien et par devotïon.
Ensi les caitis racatoit,
En tel usage translatoit
Quanqu'il avoit dras [4] et deniers
Pour racater les prisouniers,
Che méisme mout très souvent,
Faisoit-il au povre couvent
Des pelerins ki des voiages,
Ou des lointains pelerinages,
Venoient povres et soufraiteus [5]:
Que diroie? tant ert soigneus,
N'i avoit cheli ni chelui,
Qui ou demain partist de lui.
Veés sains plain de grant pité [6]:
Quantes fois pour homme endeté,
Qui pour dete prison tenoit,
Pleges et deté devenoit.
Pour les caitis c'aidier voloit,
A lui méisme se toloit,
Sourcos coteles et bracheus [7];
Que diroie? tant ert soigneus,
Il n'avoit riens qu'il ne vendist,
Et que il tout ne despendist
Dusques à une seule maille [8]
Pour delivrer la ketivaille [9].
Où est li hom en tout le monde,
Qui soit de si boine faconde,
Qui péust à nombrer ne dire,
Ou li boins escrivains descrire
Des ketis la très grant foison
Il geta de caitivison,
Et delivra du dur servage?
A-il el monde home tant sage,
Qui plainement dire péust,
Con grans aumosnes il éust

---

[1] Saxons.
[2] Suivant la loi, l'usage, devait-on.
[3] Chaussures.
[4] Draps.
[5] Pauvres.
[6] Voyez ce saint plein de piété.
[7] Surcots, vestes, et braies, *bracæ*.
[8] Menue monnaie, équivalant à l'obole. Proverbe : il n'a ni sol, ni maille.
[9] La gent.

Données en diviers tempoires [1],
C'as pelerins que as prouvoires [2],
Que as cartriers que as cartrieres [3],
. . . .
K'a moustiers, k'à diverses glises?
Où furent ches aumosnes prises?
Où il point ne s'en esmaïoit,
Car Diex ses detes li paioit,
Que plus donnoit hui, plus avoit
Lendemain, quant il se levoit;
Cheste coustume adiès tenoit,
Que devant le roi amenoit
Tous les caitis qu'il racatoit;
Devant le roi deniers getoit [4],
Et as cartes en tele guise,
Livroit chartres de lor franchise;
Or estoient franc et delivre.
Oiés que je truis en mon livre,
En la premeraine lechon;
Il les metoit à eslichon,
De trois choses qu'ils presissent,
La quele qui il miex vausissent,
Et quoique il qui franc estoient,
S'en [5] lor païs raler voloient,
Au raler les conforteroit,
De che que mestiers lor seroit:
Bien voloit que chil remansissent [6]
O [7] lui qui remanoir vausissent,
Et aidassent el ministere,
Nient comme serf mais comme frere.
S'aucuns pooit perfitement,
Atraire au saint proposement
De converser en abéie,
Ou de mener monnïal vie,
Chaus onneroit et tenoit chiers,
Comme ses seigneurs droituriers;
Honestement lor aprestoit
Quanques mestier il lor estoit,
Et pourvéoit comme boins peres,
Et envoioit as archisteres,
Je dis archistere, abéie,
Pour che que n'en soit esbahie,
Aucune arme que lirre l'oïe.
Li sains de chiaus faisoit grant joie,
Qui pour la vie regulere
Guerpissoient [8] la seculere;
Chaus procuroit et maintenoit,
Et de ses biens les soustenoit.
Entour lui ot bele maisnie,
De tous biens sage et ensegnie,
Serjans, disciples, clers et lais,
Que tout adès sans nul relais
Erent aprestó de tout faire
Quanques au saint ert necessaire.
En sa cambre erent à sejour,
Li clerc qui adès nuit et jour
Li cantoient solenneument
Ses eures [9] assiduelment.

X

Il respassoit les povres et menjoit aveuc aus du relief qui lor demouroit.

Il rassasiait les pauvres et mangeait avec eux des reliefs qu'ils laissaient.

—

Entre tous ces biens qu'il faisoit.
Mult li ert bon, mout li plaisoit,

---

[1] Temps.
[2] Prêtres.
[3] Prisonniers, prisonnières.
[4] Comptait l'argent.
[5] Si en.
[6] De remanere, rester.
[7] O. Avec.
[8] Quittaient. On dit encore déguerpir.
[9] Les prières.

Donner pur Dieu quanqu'il avoit;
Car par l'escriture savoit
Que l'aumosne pour chelui pric
Qu'il aura faite en saine vie.
L'aumosne donnoit de sa main,
Pour Dieu, non pour le los humain;
Si que de partout aplouvoient
Li povre à lui, et acouroient,
Si comme gent vienent à foire
Ensi comme es à la cathoire [1].
Se par aventure avenist
K'aucuns estranges hom venist,
Qui proiast que on l'asenast [2]
A la voie qui le menast
Tout droit en le maison Eloy,
On li disoit: biau frere, voi,
Par chele rue (tu) t'en iras,
Là, sans faille où tu trouveras
De povres gens plus grant foison:
Trouveras lui et se maison [3].
Tout là où li sains hom aloit [4]
De povres gens grant alé [5] avoit,
Qui de tous païs le caignoient [6],
Et autresi l'avironnoient,
Comme les es la franche rée [7]
Qu'eles ont franchement ouvrée;
Mult belement s'en delivroit:
Ou il de sa main lor livroit
Quanqu'il avoit de livrison [8]
D'or ou d'aucune garison;
En che metoit toute s'entente,
Et che faisoit par droite rente [9].
Chascun jour debonnairement,
Ne le savoit faire autrement;
En s'esquerpe ou en s'aumosniere [10],
Ou devant lui en sa loviere [11],
Portoit adès or et argent,
Pour donner à la povre gent,
Pour che que se il encontrast
Aucun povre qu'il ne l'outrast [12],
Sans donner de sa carité.
Dire puis bien par verité:
Onques ne vaut amer avoir [13],
Mais quanqu'il ot et pot avoir,
As moustiers et as besoigneus [14]
Donna, car mout en ert soigneus;
En son cuer avoit bien escrite
Chele sentence c'avoit dite
Li apostres, qui dist; aioumes [15]
Seulement que plus ne velloumes [16],
Pour retenir sobre peuture [17],
Et vestemens pour la froidure [18].
Cheste sentense ot bien entée,
Li sains el fuel de sa pensée,
Et bien à euvre le metoit,
Car sobrement se dedioit;
Et souventes fois avenoit,
Que ·II· jours entiers jéunoit,
Ou ·III; si qu'es deus ou es ·III.
Ne menjast c'une seule fois.

---

[1] Abeilles à la ruche.
[2] L'assurât.
[3] En patois picard on dit encore *se* pour *sa*.
[4] Partout, où.
[5] Grande allée ou concours.
[6] Formaient l'enceinte.
[7] Abeilles — le rayon de cire.
[8] Nourriture.
[9] Par suite de ventes qu'on lui faisait.
[10] Son écharpe, ceinture où l'on plaçait sa bourse.
[11] Ceinture en cuir.
[12] Ne le dépassât.
[13] Il ne voulut jamais aimer la fortune, mais tout ce qu'il eut et put avoir....
[14] Aux monastères.
[15] Ayons soin de ne.
[16] Pas vouloir plus que.
[17] Pour retenir sobre nourriture, pâture.
[18] Vêtements pour la froidure.

Quant fait avoit la triolaine [1],
·II· fois ou ·III· en la quinsaine,
Et che venoit à la vesprée,
Que sa viande ert atirée [2],
Anchois qu'il se desjéunast,
Commandoit c'on li aünast
Et amenast en sa presence
Tous les povres sans differense,
Que on trouvast, quel que il fussent,
Qui de mengier mestier éussent,
Pelerins, contrais, langereus [3],
Mendis, avules et flevreus [4].
Cheste coustume adiès tenoit,
Toutes les fois que il junoit [5],
Sans les autres fois qu'il mengoit;
Chest usage onques ne canjoit [6],
Que ou poi ou ja ne venist,
En tous les lius où il venist,
K'a son mengier povres venist
Que souffisaument repéust [7].
Quant li povre estoient venu,
Lors n'i avoit resne tenu [8].
Il proprement en sa personne
Que samblant à chiere bonne,
Lor maletes lor descarchoit,
Et por sauf faisant les carchoit [9]
A ses sergans qu'il les gardassent
Dusc'à l'eure qu'il s'en ralaissent:
L'iaue à laver lor mains livroit,
Et pour essuer lor livroit
Touaile [10] bele et honnerable,
Puis les faisoit séoir à table :
Il méismes partout metoit
Les mains, et bien s'entremetoit
D'aus aaisier et constengier [11].
Il lor aportoit à mengier ;
A la table rien ne failloit,
Il de sa main propre tailloit
Le pain, et metoit devant aus [12]
Et les leskes et les cantiaus [13].
Puiroit [14] à chiaus qui ne véoient,
Et devant chiaus qui ne pooient
Maskier le pain dimenuisoit,
Et esmïoit, et debrisoit.
S'aucun véist qui pain n'éust,
Et qui paistre ne péust,
Il méismes chelui paissoit
Et abevroit et assenoit;
Le vin metoit es maserins [15],
Puis le puiroit as pelerins [16],
Et as autres à grant plenté,
Pour bien boire à lor volenté.
Quant il avoit cele maisnie
Et bien repeute et bien aisie,
Au chef de la table séoit,
Et del relief [17] qu'ilucc véoit,
Menjoit assés petitement,
Mais ne séoit pas longement;
Bien se faisoit à tel mengier,
Ja ni fesist autre dangier.

---

[1] Jeûne et abstinence de trois jours; ce mot, joint à celui de jeune *(jejunium)*, dans le miracle de Théophile Gautier de Coinsi, a été traduit à tort par *peine* dans le glossaire de Roquefort.

[2] Que sa nourriture était apprêtée.

[3] Contrefaits. Patois picard, languereux.

[4] Mendiants, aveugles et fiévreux.

[5] Qu'il jeunait.

[6] Changeait.

[7] Repus.

[8] Sans être arrêté par rien.

[9] Les confiait.

[10] Linge de table.

[11] Mettre à l'aise et satisfaire.

[12] Eux.

[13] Tranches de pain et chanteaux.

[14] Offrait.

[15] Coupes à boire.

[16] Présentait.

[17] Restes de viandes.

Il a paru bien à la fois,
Que mult estoit vraie sa fois,
Quant les povres semons avoit
A son mengier, et il lavoit
Ses mains, et ot mise sa table,
Et bien ert eure convenable,
Qu'il meïsmes mengier déust,
A droite eure, se lui l'éust:
Oés[1] mervelles, en tout le mes
N'avoit nis ·I· seul pain remes[2],
Que on péust à table metre,
Si comme dist la vraie letre,
Devant chaus ki semons estoient[3],
Et aveuc lui mengier devoient,
Car en chel liu méisme avoit,
Si comme souvent avenoit[4],
Toute despendu or et argent
Nes[5] son vivre; et à povre gent
Cauchier, vestir et dieter[6],
Ou pour les caitis racater.
Quant li auquant[7] qui là estoient
De ses serjans, qui che véoient,
Preske cascun jour avenir,
Lors ne se pooient tenir,
Qu'il entr'aus ne l'escarnissent[8],
Et que pour fol ne le tenissent;
Mais li pluisour qui che savoient,
Dedans lor cuers pité[9] avoient.
De si glorïeuse disete,
Comme d'une seule diete.
Li sains ki bien s'en perchevoit,
Et leur courages bien véoit,
Les racoisoit mult douchement,
Et disoit deboinairement:
O gens! ô gens de pute foi!
De quoi, vous doutés vous de quoi,
N'est chil encore vis et sains,
Qui el desert repeut ses sains
Helye et sainct Jehan Baptiste.
Pourquoi estes-vous mourne et triste.
Quidiés-vous[10] dont que Diex nous faille,
Que nous n'aions assés vitaille[11],
Qui entre le pule habitomes[12];
Très bien savés que nous ne sommes,
Si comme on dist, ne four ne granges.
Ja Diex ne nous ert si estranges,
Qu'il ne nous seceure[13] au besoing;
Sour li n'aiés cure ne soing,
Car je croi bien el Creatour,
Qui chiel et terre et tout là tour
Qui el monde est, cria[14] et fist
Et des ·V· pains peust[15] et refist
·V· mile hommes par sa poissanche;
Se nous avons ferme créanche
Qu'il, hui chest jour, visitera
Sa povre gent, et paistera,
Si que de chaiens n'isteront[16],
Dusc'à tant que repeut seront.
Ne demoura gaires après
Son dit à le fois, que ja près
D'iluec, erent chil qui hurtoient
A la porte, qui aportoient
Là dedens à mult grant foison
Pain et viande, et garison;

---

1 Ecoutez
2 De reste, *remanens*.
3 Invités.
4 Arrivait.
5 Ainsi que.
6 Nourrir.
7 Aucuns.
8 Raillassent.
9 Pitié.
10 Pensiez-vous.
11 Victuaille, nourriture.
12 Le peuple.
13 Secoure.
14 Créa.
15 Nourrit.
16 Si bien que de céans ne sortiront.

Car où il rois li envoioit,
Si con souvent faire soloit,
Ou aucune poissans personne,
Car on le tenoit à saint homme;
Car li siecles auques savoit,
De quoi li sains mestier avoit,
Et en quel usage emploioit
Tout che que on li envoioit;
Car pour lui riens ne retenoit,
De quel part que li biens venoit,
Qu'il ot despendu et rechut;
Onques sa fois ne le dechut;
Car l'escriture qui ne ment,
Dist, et tiesmoigne vraiement,
Que chelui qui liémment donne,
Diex l'aime, et ses biens li foisonne.
Li sains n'iert pas de tel afaire,
Que plusour sont qui de bien faire,
Trois mois ou quatre s'entremetent,
Et puis à tout fait [1] s'en demetent.
Pour voir vous di, sen bon usage
Tint et maintint tout son éage.

XI

Les faitures saint Eloy, et li maintiens, et fist le pais du roi de Franche et du roy de Bretaigne.

La bonne grâce de saint Eloy et son maintien. Il fit la paix entre le roi de France et celui de Bretagne.

—

Li miroirs de l'escriture
Me dist que de longe estature
Estoit mesires sains Eloys
Blanche ert sa chars si comme nois,
Vermaus [2] de fache et iex mult biaus,
Et rechierchelés les caviaus [3],
Beles mains, dois d'ongles et lons,
Simple regart comme coulons,
Angel où vont douche raison
Avoit le debonnaires hom.
Li sains en son commenchement,
D'or et de gemmes noblement
Apareilloit ses vestéures :
Adiès chaignoit riches chaintures,
Ablouque d'or menu ferrées
De membres d'or et bien gemmées,
Aveuc tout che, les aumosnieres
Avoit tant riches et tant chieres
D'or et de gemmes bien ouvrées,
De boutons d'or enfrangelées;
Ses dois avoit tous plains d'aniaus,
Et à son col riches fremaus,
Et chemises mult très deliés,
De liex en liex bien très lichiés [4]
De fil d'or et de fil de soie :
Qui ne m'en croit el livre voie.
Il se vestoit mult noblement,
Et noble erent si garnement.
Pourpres et cendaus et samis [5],
Vestoit adiès li dieu amis [6],
Proprement, en l'ententïon
D'esconser sa religïon [7];
Car par desous à la char nue
Avoit adès haire vestüe [8];
Il ne voloit c'on le séust,
K'anemis ne le dechéust

---

[1] Tout à fait.
[2] Vermeil.
[3] Les cheveux frisés, bouclés.
[4] Lissées, bordées, c'est-à-dire ornées de franges ou de broderies.
[5] Cendal, étoffe de soie pourpre. Samis, satin, taffetas fort.
[6] L'ami de Dieu.
[7] Démontrer, étaler.
[8] Sur lui un cilice.

Par vaine gloire ou par orguel.
Quant il ot pris le boin esquel,
Et vit que sour boin fondement
Faisoit son edefiement,
Et sour si ferme pierre ouvroit,
Que resongnier [1] pas ne devroit
Assaus de vens, et flos de mer,
Qu'ils fesissent s'uevre tumer,
Ne de nule part reculer,
Il donna tout, dusc'au soller [2],
Ses vestéures precieuses,
As besoigneus, as besoigneuses.
Quant sa vie ot ensi cangié,
Vous véissiés à la foié [3],
Que chil ert chains d'une cordele [4],
Et vestus de povre cotele [5],
Et as drapiaus mult povrement [6],
Qui ains ·I· poi ert noblement [7]
Vestus et empipelorés [8],
De dras de soie, de dras dorés,
De dras couviers de grant tresor [9],
Si comme de gemmes et d'or.
Et aucune fois avenoit,
Que li rois quant il le véoit
Si povrement s'apareilloit,
Et pour l'amour dieu despoulloit [10];
A lui méisme se toloit [11],
Et au benéoit saint donnoit
Non seulement sa vestéure
Propre, mais sa propre cheinture,
Et bien séant raison disoit
Qui che n'amoit ne ne prisoit,
Que li franc homme qui vivoient [12]
El siecle [13], et maintenir devoient
La seculer [14] chevalerie,
Menaissent deshonneste vie,
En vil abit, ne en despit;
Ne que chil qui, sans nul respit,
Pour les povres se desnuoit,
Et au benéoit saint donnoit
Tout che que il avoit sour terre,
Pour l'amour Jhesu Crist conquerre.
Fuissent vilment et nuit et jour.
Entour le roi ert à sejour
Li boins sains, et adiès manoit [15]
En une maison qui tenoit
Droit au piet del palais roial
Aveuc Dodon [16] sen bon sodal [17],
Que il amoit de grant amour,
Et se li portoit grant honour;
Bon example prendre pooient
De lui, tout chil ou qui l'ooient [18],
Ou qui véoient son afaire [19],
Ne souffroie à tout retraire [20].
Tout adès [21], che me dist l'istoire,
Pendoient en son dormitoire,

---

1 Appréhender.
2 Jusqu'à ses.
3 A la fois.
4 Ceint d'une corde.
5 Petit manteau.
6 Haillons.
7 Un peu plus tôt.
8 Pipeloté, orné.
9 D'habits.
10 Et se dépouillait.
11 S'enlevait.
12 Que les nobles.
13 Dans le monde, et...
14 Séculière.
15 *Manebat*, restait.
16 *Dado*. Saint-Ouen.
17 *Sodalis*, compagnon.
18 L'entendait.
19 Sa conduite.
20 Je ne suffirais à tout raconter.
21 Entièrement.

De mil cors sains li saintuaire;
Laiens erent li grant livraire [1]
Estendu sour une establie,
Ou il après sa saumodie [2]
Et après s'orison lisoit [3],
Et comme sages eslisoit [4]
De diviers liex diverses fleurs [5],
Les miex vaillans et les milleurs,
Et le douch miel qu'il en suchoit,
Tout repounoit et tout muchoit [6]
En l'aumaire de sa pensée [7].
Une coustume avoit secrée [8],
Se je l'ai dit, ne vous anuit [9],
Car le jour et cascune nuit,
Devant son lit metoit le haire;
Si l'estendoit à le pure aire [10];
Quant tout dormoient en prin somme,
Et Clerc et lai, vallet et homme.
Son usage pas n'oublioit,
Mais mult coiément se glioit [11]
Jus [12] de son lit, et son viaire
Estoit enclins descu la haire;
De tout son cors prestres ouroit [13]
Et toute la nuit trescouroit,
A le fois, li benéois homs,
En larmes, et en orisons;
Tel grasse avoit, ke grant plenté [14]
Avoit larmes à volenté,
Tant con pooit nature humaine [15]
Souffrir, adès metoit grant paine [16],
De trestoute la nuit despendre
El servise Dieu et entendre
A bien faire sans soumillier,
Car ne voloit oiseus vellier.
Quant il avoit mult longement
Ouré, pour poi d'alegement,
Car s'il i avoit ocoison,
Entrelassoit chele orison,
Et verselloit la saumodie [17],
En ordre, et quant estoit fenie,
A le lechon se reprendoit [18].
Entrementiers qu'il s'entendoit [19]
As paroles de l'escriture,
Ne demandoit autre penture
Que la lechon se repassoit,
Et dedens le cuer li nassoit [20],
Et ranissoit devotïons,
Et très grande çompunctïons;
Lors le véist-on simplement [21]
Adrechier vers le firmament
Et iex de cuer et iex de chief [22],
Lors le véissiés de rechief,

---

[1] Il y avait céans la grande bibliothèque.
[2] Psalmodies.
[3] Son oraison.
[4] Et comme savant, il choisissait Sagesse, mot qui, en patois picard, signifie encore science.
[5] De divers lieux.
[6] Plaçait, *reponebat*, et cachait.
[7] L'armoire, expression figurée.
[8] Secrète.
[9] Dit déjà. Que cela ne vous contrarie pas. Le poëte a déjà parlé effectivement de sa bonne mine.
[10] Il la tenait cachée.
[11] Souvent se glissait.
[12] A bas, et son visage.
[13] Comme prêtre priait.
[14] Grande abondance.
[15] Autant que pouvait le souffrir la...
[16] Sans relâche.
[17] Chantait les versets des psaumes.
[18] C'est-à-dire à la leçon.
[19] Pendant ce temps, *interdùm*.
[20] Naissait et renaissait.
[21] Le voyait-on.
[22] Pleurer des yeux du cœur, et des yeux de la tête.

Et souspirer et larmoïer;
Et les larmes des iex glijer [1],
Qui tout le vis li arousoient,
Et desor son pis [2] degoutoient;
Et quant à le fois avenoit
Que li soudains soumaus venoit [3],
Qu'il s'endormoit par aventure,
Entre les mos del escriture [4];
Car j'ai oï dire maint homme,
Qu'il n'est d'omme qui ne prent somme.
Ensi que il là soumelloit [5],
Ches méismes mos verseilloit.
Quant li sains hom plus ne voloit
Lirre [6]; lors, si comme il soloit,
De rechief sans arestison [7],
Se remetoit en orison.
Adont tenoit si grant silense [8]
Que hons qui fust en sa presence,
Ou près de lui ja ne séust,
Tant orellier [9] qu'il le péust,
Oïr, neis s'alaine reprendre [10].
Ne le véist ailleurs entendre,
Fors k'a l'orison purement,
Adès ouroit seriément,
Son chief tenoit enclin et quoi [11];
Ne regardoit ne chou ne quoi [12],
Mult se tenoit cois et séris [13],
Comme chil que sains esperis
Avoit espris et doctriné [14],
Et de sa grasse enluminé.
Li rois faisoit par ses messages
Le saint, qui ert discres et sages [15],
Souvent en sa cambre [16] mander,
Pour aucun [17] consel demander,
Ou pour autres divers afaires,
Dont li pluisour ne sevent waires [18];
On li mandoit et soir et main [19],
Et tart, et tempre hui et demain [20].
Ja soit che que pour lui venissent [21]
Messagé et chaus autres sivissent
Pour haster lui, et esmouvoir,
Ja n'i alast pour nul avoir,
Sanchois n'éust entierement
Acompli son proposement
El servise nostre Segneur,
Dont il avoit haste gregneur [22];
Quant il issoit fors de maison [23],
Pour quele que fust ocoison,
Primes ouroit, puis se segnoit [24],
Le signe de le crois poignoit [25]
Sur son front et sour son viaire;
Autel faisoit-il au repaire [26].

---

[1] Glisser.

[2] *Pectus*, poitrine. De là, le pis de la vache, les pissières qui garantissent la poitrine du cheval des piqures de mouches.

[3] Sommeil.

[4] Mots.

[5] Tout en dormant, le saint répétait les versets des psaumes.

[6] Ne voulait plus lire.

[7] Sans s'arrêter.

[8] Alors.

[9] Prêter l'oreille.

[10] Son haleine.

[11] Incliné et coi.

[12] Ni ceci, ni cela.

[13] Coi et tranquille.

[14] Embrasé et instruit, on dit épris des charmes.

[15] Discret.

[16] Chambre.

[17] Aucun s'employait alors dans le sens affirmatif.

[18] Dont plusieurs ne savent guères.

[19] Soir et matin.

[20] Et tôt et tard, et le jour et le lendemain, *tempore hodiè*.

[21] Bien que.

[22] Plus grande hâte.

[23] Quand il sortait de sa maison.

[24] Premièrement, il priait.

[25] Faisait le signe de la croix du poing ou de la main.

[26] Autant faisait-il au retour.

Si faite vie adès mena [1],
Son cors pena et travella,
Car il desirroit nuit et jour,
Qu'il là péust estre à sejour,
Où li eslit sejourneront [2],
Quant il en paradis seront.
Gaires après ne demoura,
Que li rois qui mult honnera
Le saint, li proia et requist
C'au roi de Bretagne [3], fesist
Pour lui une legation.
Li sains fist, sans dilation [4],
Bonnement, son commandement.
Quant il vint là isnelement,
Là où il sot le roi, ala [5];
Tout mot à mot comté li a [6]
Tout che c'on li ot commandé,
Et quanque on ot par lui mandé,
Et recorda la convenenche,
Qu'il avoit au roi de Franche.
Li sains, ki bien entremist,
La pais entr'aus [7] sauda et mist;
Ostages prist de pais [8] entiere,
Que li rois n'en alast ariere.
Maintes gens quidoient pur voir [9],
Que grans guerre déust mouvoir
Entre les rois, et grans querine [10];
Mais il, par la grasse devine,
Et par son saint enortement [11],
Atraist le roi soudainement
A si grant debonnaireté,
Et à si grant humilité,
Que li rois li dict par fianche,
K'aveuc lui s'en verroit en Franche [12].
En Bretaigne poi sejourna [13]
Li sains, et quant il s'en tourna,
Il amena o lui le roy [14],
A grant gent, à riche conroi [15];
Le roi trouva en chele vile,
Et entre aus ·II· le pais enta [16];
Bien s'entremist d'aus apaisier,
Par pais les fist entre baisier;
Largement donna li Bretons,
As Franchois et joiaus et dons [17],
Mult bien li reguerredonna [18],
Et plus largement li donna,
Li rois de Franche, dons roiaus,
Et mult de precieus joiaus.
Li Breton congié demanderent
Au roi de Franche, et s'en ralerent
Baut et joïant en lor contrée [19],
Pour le pais qui iert afermée [20].

---

1 Il mena toujours cette belle vie.
2 Les élus.
3 Judicaël.
4 Sans délai.
5 Il alla où il sut que le roi se trouvait.
6 Raconté.
7 Entre eux.
8 De paix.
9 Croyaient en vérité.
10 De *querimonia*, querelle.
11 *Exhortatio.*
12 Par confiance qu'avec lui il viendrait en France. Le texte latin porte que l'entrevue de ces rois eut lieu *Crioilo in villâ*, ce qui a été traduit par Adrien de Valois et l'abbé Le Beuf, pour Ruel, *(Rioilum)*; je crois qu'il faut laisser subsister *Criolium*, Creil-sur-Oise.
13 Peu.
14 Avec.
15 Avec un riche accompagnement.
16 Entr'eux deux il partit la paix.
17 Le roi de Bretagne donna aux Français.
18 Récompensa.
19 Contents et joyeux.
20 Établie.

XII

Il racatoit les prisouniers et les cartriers de che que li roys li donnoit.

Il rachetait les prisonniers et les gens en chartre de ce que le roi lui donnait.

—

Dagombers, li boins rois de Franche,
Iert mult preus, et de grant vallanche,
Tant biaus, tant nobles, et tant sages,
Que devant lui en tous éages,
N'avoit regné en Franche rois,
Qui tant vausist en tous endrois.
Le saint homme tant chier tenoit,
Que souventes fois avenoit,
Qu'il guerpissoit la compagnie [1],
Fust de sa noble baronnie [2],
Fust de clergie qui le sivoit [3],
Vers le saint homme se traioit [4],
Pour parler de l'edefiement [5] :
Ou d'aucun sens secréement [6].
Li rois qui iert de cuer entiers
Envers le saint, mout volentiers
Li donnoit quanqu'il requeroit;
Car quanques li sains aqueroit,
Tout emploioit el preu de s'ame;
Ne povres hom, ne povre fame
N'aloit de lui desconselliés [7].
A faire ausmosnes esvelliés [8]
Che ert as povres orgelleus [9],
As seltans, as fameleus,
As enfers en cartre gisans [10],
As orfenins, as non poissans :
Moustiers faire, rachas donner [11] ;
Pour prisonniers desprisonner
Metoit s'entente et cure toute.
Pour chou plus volentiers, sans doute [12],
Li donnoit li rois qu'il véoit
Qu'en boin usage l'enplooit,
Et que non à ·I· seulement,
Mais à pluiseurs diversement
Pourfitoit che c'on li dounoit,
Car es mains Dieu le repounoit.

XIII

Il fonda une abeïe en une vile que li roys li donna, et l'aourna mult richement.

Il fonda une abbaye en une ville que le roi lui donna, et l'orna très-richement.

—

Il avint chose que li rois
Et que mesires sains Eloys
Erent ensamble, et que li sains [13]
Proia le roi as jointes mains,
Qu'il li donnast, s'il li séoit [14],
Une vile que il avoit

---

1 Quittait.

2 Que ce fût.

3 Suivait.

4 Et qui vers le saint homme se rendait.

5 De *ædificatione*.

6 En d'autre sens, secrètement.

7 Sans un conseil.

8 Toujours l'œil ouvert.

9 Pour fiers, ce que nous nommons pauvres honteux.

10 Aux sourds, aux infirmes, à ceux gisants en prison, aux orphelins.

11 Faire des achats pour les monastères peu pourvus.

12 Le roi lui donnait d'autant plus volontiers qu'il voyait.

13 Erant, étaient.

14 Si cela lui convenait.

En la contrée Limosine,
De Limoges assés voisine;
Sollenniac estoit nommée;
Et dist, sire, s'il vous agrée,
Otroiés m'ent, pour Dieu, le don;
Que je, en lieu de guerredon,
Puisse là tele eschiele faire [1],
Qui à nous deus soit necessaire,
Et puist apareillier la voie
Qui nous maint à la vraie voie.
Li rois boinement otroia
Au saint che que il li proia;
Ja iert li tans c'on quelloit l'or [2]
C'on portoit au roial tresor
De chele ville à chel termine,
Cascun an, et ja sour la mine
Estoit la rente aparellié,
Qui luès devoit estre envoié
Ou lendemain sans delaier [3],
Li orfevre et li monnier [4]
Vaurrent l'or miex pureflier
.... [5]
Car trop l'or sembloit estre obscurs,
Pour chou que plus fust clers et purs,
Et qu'il ne fust au paiement
Refusés anieusement [6].
N'i avoit nul d'aus qui séust [7]
Que li sains de le vile éust
Le pooir et la segnourie
De par le roi, en se ballie,
En la fournaise l'or geterent,
Mout travellierent et penerent
·III· jours ou quatre entierement.
Nonques par nul engignement [8],
Ne porent chele oevre furnir;
Ne l'or esmer ne burnir [9],
Dusc'à che point c'à la persomme
Vint li messages le saint homme,
Qui de legier [10] chele oevre mist
A point et au saint le tramist [11],
Tanstost con par les voirs disans,
Vint la nouvele as païsans [12],
Que le saint orent à segnor [13];
Ainc mais n'orent joie gregnour [14];
Ensi par la devine aive [15],
Fu la vile trestoute sive [16];
Là fist sa première abéie,
Mout riche et de grant seignourie,
Abé i mist et mout des siens [17]
Fist devenir moines laiens [18],
Et mains autres d'autre païs,
Que d'estranges, que de naïs [19],
Dusc'à .C.L. moines [20].
Maisons mout beles et aoines [21]
Lor fist, et tout le herbegage [22]
Que il convient à monnïage [23].

---

[1] Un tel corps de troupes qui passât par le chemin qui mène au lieu où est la vraie croix. L'auteur fait remonter à saint Eloi la pensée des croisades.

[2] C'était le temps de l'année où, dans cette ville, on recueillait l'or des mines pour le trésor du roi.

[3] Au lendemain.

[4] Le monnayeur.

[5] Il manque un vers.

[6] Désagréablement, *de anxius*.

[7] Nul habitant.

[8] Invention.

[9] Affiner, ni polir ou brunir.

[10] Facilement.

[11] Envoya.

[12] Gens du pays.

[13] Qu'ils auraient le saint pour seigneur.

[14] Jamais n'eurent joie plus grande.

[15] L'aide divine.

[16] La ville fut toute sienne.

[17] Il y mit un abbé.

[18] Il fit venir des moines céans.

[19] Tant d'étrangers que d'originaires du lieu

[20] Jusqu'à 150.

[21] *Idoneæ*.

[22] Il leur donna tous droits de prendre du bois.

[23] Comme il convient aux monastères.

De tant riches possessïons
Fu chele congregatïons
Si bien muëblée de tous biens,
Qu'il n'i souffragnoit nule riens.
Toute s'entente et sa pensée
Avoit si del tout atirée [1],
A lui estruire et ordener,
Que quanqu'il pooit rapiner,
Quanqu'il pooit du roi grater [2],
Tout quanqu'il pooit racater,
Quanque de lor gré lui donnoient
Les povres gens, et envoioient,
Donnoit par grant devocïon
A chele edificacïon.
Là véissiés les chars atraire,
Tous les vaissaus qui necessaire
Pueent estre à usage humain,
De fust et de queure et d'arain [3]
Dras en lit, napes, vestéures,
Et des devines escritures
Li sains laieus quanqu'il savoit,
K'a si fait lieu mestier avoit,
Si que grant envie en avoient :
Li felon qui tout bien haoient
En aucun lieu, se Dieu pléust,
Et se Diex eslit ne l'éust,
Par se secrée providense,
A metre en autre obedïense.

XIV

De la place que li fu otroié du roy de Franche, et il le fist mesurer, si i trouva plus.

D'un terrain que le roi lui donna, il le fit mesurer et y trouva plus qu'il n'avait demandé.

Quant li sains hom ot l'abéie
De Solenniac establie,
Et de grant convent l'ot pueplée,
Et de riches rentes mueblée,
Il se pensa en sen corage,
Que il feroit ·I· herbegage [4]
Où les nonnains manans seroient [5],
Qui le servise Dieu feroient,
Dedens le grant mes à Paris [6],
Que li rois li avoit jadis
Donné en don; tant i pena,
Que dedens che mes ordena
Cloistre, capitre et oratoire,
Bel refroitoir et dormitoire,
Cheliers et cheles infermaires [7],
Et liex à tous us necessaires
De terre avoit trop grant espasse;
A son mès joignoit une place;
A che faire iert assés plentible,
Petite estoit, mais mout pasible;
Mesurer le fist qu'il séust,
Conbien de terre il i éust,
A court ala isnelement,
Le roy proia devotement,
Que par sa déboinaire grasse,
Li vausist donner chele plasse.

---

[1] Tellement.
[2] Obtenir par gratification.
[3] De bois, de cuivre et d'airain.
[4] Maison pour héberger, *indè*, auberge.
[5] Resteraient.
[6] Demeure.
[7] Cellules pour les infirmes.

Q^e terram Supradictam a rege supplicando requirit.

Quom^o terram a rege collatam iterum facit demetiri.

A. Ch. XIV.

B. Ch. XIV.

P. 38.

Q°m° de invento pede amplius qᵃm regi suggererat tristis & merens a rege veniam postulat.

C. Ch. XIV. P. 39.

Li rois fist sans dilacïon
Sa devote petisïon.
Li sains arriere repaira,
Et la plache remesura,
Plus i trouva de terre ·I· pié,
Que il n'avoit au Roi proié.
Le cuer ot tristre et courouchié;
Il se senti forment pechié,
Car il, qui mentir ne voloit
A nul homme, et adès soloit
Amer et dire verité,
Ot faite tele iniquité,
Qu'il avoit fait menchoinge entendre
Au roy, lors ne vaut plus atendre;
L'ueuvre guerpi à court ala,
Mas et confus. Quant il vint là
Là où il vit le roy séoir.
Il li ala as piés chéoir.
A terre jut, et se li dist
Que grant entrepresure fist,
De che qu'il li avoit menti,
Et pour che que il se senti,
Vers lui meffais, il requeroit
Che que li roys miex ameroit,
Ou que il pardon li fesist
Du meffait, u qu'il l'ochesist [1].
Quant li roys sot chele aventure,
Que pour si povre mespresure,
Vit le saint homme si dolant,
Pée en eut et dist en oiant [2],
O! comme est haute et glorieuse,
O! comme est digne et precieuse,
La vraie fois Dieu Jhesu Crist,
Se chiex hom en dieu ne créist
Si parfaitement comme il fait,
Ne prisast gaires tel meffait.
Chil qui tienent les duchées,
Et chil qui ont les grans contrées,
Qui desous moi grans rentes ont,
Qui mi homme demaine sont [3]
Me fortraient les grans vilois [4],
Et chil benéois sains Eloys,
Pour la grant foi qu'il a en Dieu,
Ne puet souffrir, qui nes ·I· peu
De matere m'éust chelée,
Le monte d'une paume lée [5],
Mout douchement l'en fist pardon,
Li roys, se li doubla li don
Petit qu'il li ot otroié;
Si li crut toute la moitié;
Pour che fait, puet-on, et doit prendre
Bon example, et doit-on entendre,
Comment li sains doutoit pechié,
Car quant il se sot entechié
D'une petite menchoignete [6],
Ne vaut pas longes de tel dete
Enbeconner sa conscienche,
Mais tost en fist la penitanche.
Cheste vraie fois l'avoia
En paradis où grande joie a;
Cheste vraie foy l'ensaucha
En terre et de l'avancha
Que Diex l'amoit, et grant honnour
Li portoient grant et menour.

---

[1] L'occit.
[2] Tranquillité en eut.
[3] De ma suite, de ma mesnie.
[4] Les grands villages.
[5] Le montait d'une poignée.
[6] Mensonge.

XV

Li carken furent dépéchié et les serres confraintes, et li cartrier issirent de prison.

Les carcans furent mis en pièces, et les captifs sortirent de prison.

—

Quant tous fu fais, li herbegages
Des puchelles, et li ouvrages
Des offechines [1] et des chelles,
Et des sales riches et beles,
Le meillour lieu pas n'oublia
Li sains hom, ains edefia,
En l'onnour saint Pol une eglise.
En une plache fu assise,
Pour le grant espasse de terre,
Fist de la plache ·I· chimentiere [2]
Pour les dames ensevelir;
L'eglise fist de plonc couvrir
Li Rois : après poi d'entreval,
Fist en l'honneur saint Marchial,
Le limosin vesque, une eglise
Grant et haute et bele à devise,
Et richement couvrir de plom
Le nef et le clochier en som.
Li sains par grant devotïon,
A mout bele processïon
De clergie, cantant hautement,
O grant plenté de haute gent,
Et de l'autre pule menour [3],
Faisoit porter à grant honnour
Et à joie tripudial [4]
Les reliques saint Marcial,
Droit à chele nouvelle eglise,
Quant Dix par sa douche franchise,
Un bel miracle revela,
Pour che par chele voie là,
Mena en chele entencïon
Li sains hom la processïon.
Par plus courte voie l'éust
Bien adrechie, se lui pléust.
Pour che li fist qu'il esperoit,
C'aucuns pourfis en naisceroit
Cascuns de vous le miracle oie,
Ne gaires loins de chele voie
Où la processïons aloit
Une carte [5] de pierre avoit;
·VII· homme erent [6] en la prison,
Je ne sai pour quele ocoison,
Enclos erent de ·III· closures,
Et serré de ·III· seréures,
La letre conte del istore,
Du roi David fait chi memoire
Qui devant l'arche aloit salant [7]
Trepant, juaant, salant, balant;
Devant les reliques jouoit
Et liément les convoioit,
Et toute l'autre compagnie
Les sivent à grant melodie
Lors k'encontre la cartre furent,
Et clerc et lai tout arresturent,
Oiés pour coi le convint faire :
Chil qui portoit le saintuaire,
Fu de si grant fais [8] apressés,
Soudainement et tant lassés,
Que bien li sambloit que si pié [9]
Fussent à la terre atachié.

---

[1] *Officina*, cellule.
[2] Conservé dans le patois picard.
[3] Menu peuple.
[4] De *tripudiare*, bondir de joie, trépigner.
[5] Charte ou prison.
[6] Erant, étaient.
[7] *Saliens*, dansant.
[8] Faix, fardeau.
[9] Ses pieds.

Quom°. reliquias ꝯ beati martialis ad basilicam a beato Eligio constructam honorifice deferendo et cu tꝑudio iubilando incarcerati liberantur.

D. Ch. XV.

p. 40.

S. Eligi incendio urbis parisiace cominando ecclіam bti martial ab incendio liberavit.

E. Ch. XVI. P. 41.

Chil qui derriere lui venoient
De toutes pars le semonnoient,
Qu'il efforchast ·I· poi sen pas :
En haut dist qu'il ne pooit pas ;
Ne pooit en nule maniere,
N'aler avant, n'aler arriere.
Entrues qu'ensi là arrestoient,
Et tout esbahi atendoient
La somme de chele aventure,
Chi qui erent en la closure
Oïrent en la cartre noire,
Aussi comme. I. legier tounoire.
Lors après vint si grans escrois,
Si grans tempies, si grans effrois,
Que toute la terre trambla,
Et toute la cartre craulla [1].
Maintenant furent camousiés
Les serréures et froissiés,
Carkan frait, clef deskevilliet,
Portes et huis desvierelliet.
Li prisonnier qui laiens ierent
Delivrement fors s'en alerent,
Et chil en méisme chele eure,
De qui je vous dis là deseure,
Qui portoit le haut saintuaire,
Qui ne pooit mie tant faire
Qu'il remeust neis le piet,
Se senti du tout alegiet :
Lor feste lors recommenchierent,
Et li prisonnier convoierent
Les reliques dusk'en l'eglise.
Là, oïrent le saint servise,
Tout chil qui là erent et oïrent
Che miracle, tout s'esbahirent ;
Dieu hautement en grassierent,
Et son saint non glorefierent,
Et disent tout à plaine vois
Que lues que li dous sains Eloys
Et mesires sains Marchiaus [2]
Aprochierent le chartre et chiaus,
Par la grasse Dieu entre sait [3],
Avoient tel miracle fait.

XVI

De Paris qui estoit esprise de pesime fu que sains Elois rescoust par sa proiiere.

De Paris qui était en proie à un feu violent, et que saint Eloi sauva par sa prière.

Après avint une aventure,
Si con je truis en l'escriture,
Et dolereuse et desloiaus,
Car la noble chités roiaus,
En mout de liex esprise fu
Del felon re del pesme fu.
Presque toute Paris ardoit,
Li vens qui la flambe espardoit,
Faisoit voler sour les maisons,
Le flamesques et les tisons.
Quant mesires sains Eloys vit
Que li vens ja sans contredit
Faisoit aler les grans raidons
De la flambe et les vis carbons,
Sour l'église et sour son moustier,
Sachiés n'i ot que courouchier,
Del cuer gemi, des iex ploura,
Car li fus tant s'efforchoit ja,

---

[1] S'écroula.
[2] Marcel.
[3] Pendant ce temps, *intereà*.

Et la flambe tant s'avanchoit;
Que sour l'eglise s'elanchoit;
Et ja devoit le plonc remetre.
Isnelement, che dist la letre,
S'escria si haut comme il peut,
Aveuc le grant ire qu'il eut:
Sains Marcial par quel raison
Ne deffens ore ta maison?
Bien te promet et bien t'afi
Et veul que tu saches de fi
Se tu seuffres par ta pereche,
Que chil grans fus t'eglise bleche,
S'ele iest arse et devourée,
Jamais ne sera restorée
Par Eloy! à nul jour qu'il vive.
Itant dist à vois haute et vive
La grasse du saint esperit,
Issi isnelement le dist
Del saint homme, ainsi que li vens
Cacha [1] la flambe en autre sens
Et que l'eglise en tel maniere
Remast saine et sauve et entiere.

XVII

Il aloit as abéies et confortoit les moines, et lor livroit lor estovoirs.

Il allait aux abbayes, reconfortait les moines et leur donnait leurs provisions.

—

Au saint homme souvent venoient,
Et de toutes pars aplouvoient,
Et moine et gens de sainte vie;
Mais che ne li souffissoit mie,
Qu'il aprendoit d'aus et ooit.
Grant desirrier souvent avoit
De sainte conversacïon,
Et d'entrer en relegïon.
Il méismes pour che aloit
As abéies qu'il savoit
Qui vivoient si saintement
Et plus relegieusement.
Il repairoit auques souvent
A Luiseu [2] pour le grant couvent,
Qui menoient laiens sainte vie.
Che ert en che tans l'abéie
Qui plus estoit desceplinée,
Plus destrainte et miex ordenée,
C'on ne trouva nule maison,
N'abéie en chele saison.
En Franche, n'avoit mie encore
Tans moustiers com il i a ore,
S'en aucun lieu [3] adonc estoient
Li moine, pas ne conversoient
En descepline reguler;
Tout erent près que seculer.
Entre Luiseu tant seulement,
Où on menoit destroitement
Ordre et religieuse vie.
En Limosin iert l'abéie
De Solenniac chiés [4] et mere
De relegïon bien austere.
De là prisent pluiseur après,
Et chil de loins et chil de près
Bon example et commenchement
De vivre regulerement.
Et de lor tans monteplia [5]
Religïons, tant c'ore i a
Par toute Franche maintes glises
A noirs fros et à cotes grises

---

[1] Chassa.
[2] Luxeuil.
[3] Sans lieux claustraux.
[4] Chef.
[5] Mit en mont, augmenta.

Qui maintienent sainte doctrine,
Selonc reguler descipline,
Non seulement de couvent d'ommes,
Mais de religieuses dames.

XVIII

Il ala à Solenniac s'abeïe qu'il avoit fondée et establie, et aministra laiens che que mestiers i estoit.

Il alla à l'abbaye de Solignac, qu'il avait fondée et établie, et la pourvut de tout ce qui lui était nécessaire.

—

Quant il venoit en s'abéie
Qu'en Limosin ot establie,
Dont j'ai chi devant fait memoire,
Et que par non nomme l'istoire
Sollempniac. Qui plainement
Porroit dire comme humlement,
Et con par grant devotïon,
Et sans note delatïon,
Se maintenoit entre les freres?
Tous apeloit segneurs et peres,
Entr'eus aloit méurement;
Chiaus enclinoit parfaitement
Qu'il encontroit emmi sa voie,
Et rechevoit à mout grant joie
Lor saintismes benéichons.
Bien li plaisoient les lechons
Que il ooit lire à lor table.
Dieu le haut pere esperitable
Dedens son cuer glorefioit,
De che que si monteplioit
Li lieus de tous biens temporeus
Et des biens espiritueus,
Si comme de grans garisons;
Et d'aumosnes et d'orisons,
Plentivement lor departoit[1]
Del sien, et quant d'aus departoit,
Une tourte tant seulement
Prendoit, dont il devotement
Cascun jour se desjéunoit,
Tant comme ele semaine duroit.

XIX

Il ostoit les méhains et les enfermetés des malades, et menjoit du relief qui lor demoroit.

Il ôtait aux malades leurs souffrances et leurs infirmités, et mangeait de leurs restes.

—

Cheste coustume et chest usage
Tenoit li sains, quant en voiage
Aucun aloit, que s'il séust
Qu'en méisme la nuit péust
Osteler, ou en abéie,
Ou à homme de sainte vie,
Ja ne menjast ne ne béust
Jaçoit che ·II· jours éust
Ou ·III·, géuné plainement,
Duscà che c'an lui proprement
Où parvenir li convenist
A quelque paine pervenist,
Lorsque par aucun aprendoit
Que li liex iert où il tendoit

---

[1] Faisait leur partage.

Sains et de sainte opiniïon,
Li sains o grant devotïon
Sans demeure et sans entreval
Descendoit jus de sen cheval,
A piet aloit ·III· boines liues,
Ou ·IIII· grandes et plenieres,
Tant k'a che saint lieu parvenoit,
Où la voie droit le menoit.
Ains qu'il entrast en chel manoir,
Où il devoit la nuit manoir,
Par ses valles [1] discres et sages
Laissant cherkier les herbegages,
Pour che que se povres trouvaisent,
A son hostel les amenaisent,
Et chiaus portaissent qui si fuissent
Foible, c'aidier ne se péuissent,
Il méismes contre aus aloit,
Si comme chil qui ne caloit [2]
D'estre orguilleus ne dangereus.
Quant il véoit ·I· langereus,
Lors il toloit la maladie.
S'aucuns avoit la char pourrie,
Jus en raoit la pourreture,
K'aveuc Job selenc l'Escriture,
Péust dire, jadis plouroie
Pour le povre, et quant je véoie
Homme en aucune aflicïon,
M'ame iert en grant compassïon.
S'aucuns avoit en sa massele
Cranke ou drancle ou escroele
Li sains pius et misericors
.... [3]
Tantost comme à lui aprochoit,
Et de sen doit propre atouchoit,
Et pourtastoit la maladie,
La dolours iert esvanuie.
Li sains par mout grant diligense,
Et par devote consciense,
Ches biens et les autres faisoit,
Les mesaaisés aaisoit [4] :
Chil qui malade à lui venoient
Double confort de lui prendoient
Et double estoit lor porsïons,
Et santés et refectïons.
Quant tout ierent li povre mis
Dedens l'ostel, li Dieu amis
Lor chiés lavoit prumierement
Et sour lor mains il proprement
L'iaue versoit, et la touaile [5]
Lor aportoit, et puis sans faille
Tout en ordre les asséoit,
Et bien de tout le pourvéoit.
Et aportoit li livrison [6],
Viande et pain et warison [7].
Dieu son créatour merchioit [8]
De tous ses biens, et grassioit [9],
Et benéissoit le mengier,
Et sans desdaing et sans dangier [10]
A lor table s'acompaignoit,
Et aveuc aus iluec mengoit
Assés mout mains quil ne faisoient,
Car il à grant plenté [11] avoient
Et char et pain et vin, mais il
A pain bis et à poi d'aisil [12].
Mellé à l'iaue se tenoit :
De si fais mès [13] se retenoit.
Bien passerent ·IX· an entier
Ou ·X· selonc le latinier [14],

---

1 Valets.
2 Ne se cachait.
3 Il manque un vers.
4 Soulageait les malheureux·
5 Serviette.
6 La nourriture.
7 Provision.
8 Remerciait.
9 Rendait grâces.
10 Retard.
11 De *plenus*.
12 Vinaigre.
13 Jamais.
14 Le texte latin.

Ne but de vin ne ne béust [1],
Ja pour essoine [2] qu'il éust;
De char ne tien nul parlement,
Car il, puis sen proposement
Ne puis le jour qu'il le voucha [3],
Il n'en menja ne n'atoucha,
Fors d'un seul jour dont me souvient,
Puis que dire le me convient.
Chi jours fu jours de diemenche,
Pour ·I· oste [4] frainst s'astinenche
Qu'il li enjoinst par carité,
Pour aparant necessité.
Je ne sai pour quele ocoison,
Menja mout poi de venison.
Quant li povre mengié avoient
Assés tant que saoul estoient,
Il méismes lor piés lavoit
De chiaus qui ains lavés avoit
Les chiés, et puis lor lis faisoit.
Il les couchoit, et aaisoit,
Et à lor chiés lor orelliers
Metoit li sains hospiteliers.
Quant il véoit que tout dormoient
Chil qui par le maison gisoient,
Se castiaus fust bours ou chités,
Li lius où iert ospitilés,
Lui autre ou lui tierc sainglement
Chercoit la nuit secréement
Tous les sains d'iluec entour.
Quant se pooit metre au retour
Ains jour, et se jours aprochoit
Tous las en son lit se glioit [5],
Se là n'éust moustier ou glise [6],
Où il prendoit le nuit hospise.
Quant tout avoit entierement
Acompli à l'anuitement
L'offisse, si comme il soloit;
Car entrelaissier nel voloit
Qu'il ne fesist sans rien demetre
Tout chou que vous conte la letre,
Samblant faisoit qu'il se couchast
Et qu'il dormist ou qu'il ronchast.
Mais quant tout si cubiculaire [7]
Qui gisoient partoute l'aire [8]
Dormoient ferm et en prin [9] somme,
Lors ert mervelle du saint homme;
Son lit guerpissoit coiëment [10],
Si s'estendoit es pavement [11]
Iluec gisoit en tel maniere
Li sains toute la nuit entiere
Dusc'à tant que l'aube crevoit [12];
Adont de rechief se levoit,
Si se recouchoit en son lit,
Tout che c'on dist et que on list
Et fait des sains fais mentïon,
Faisoit-il en l'entencïon
D'eskiver, che poés bien croire,
Et los humain et vaine gloire,
Car miex voloit que le véist
Chil qui en l'evangille dist
Et fait che general discre [13],
Prie ton pere en lieu secre :
Et il qui onques ne desset [14],
Qui tous secres et voit et set,
Tout plainement te rendera
Che que tes cuers li priera.
Si con j'ai dit che saint usage
Maintenoit-il et en voiage,

---

[1] Même expression répétée.
[2] Dispense.
[3] *Vocavit.*
[4] Hôte.
[5] Glissait.
[6] Église.
[7] Chambriers.
[8] Le terrain.
[9] *Primus.*
[10] *Quieté.*
[11] Sur le pavé.
[12] *Crescebat.*
[13] Décret.
[14] *Nescit.*

Et en son repaire demaine [1],
Non seulement une quinsaine,
Ne ·II· mois, mais toute sa vie;
Et diex qui ne l'oublia mie
Qui tous les biens reguerredonne [2]
En l'abit de laie personne
Li otroia chel avantage
Que il en son temprin éage [3]
Maintes miracles desclaira
Teles comme en che livre a.

XX

Du contract qui fu sanés de grief maladie
et de ses niers qui estoient retrait.

D'un contrefait qui fut sauvé de grave maladie,
et de ses nerfs qui étaient contractés.

—

Diex, qui tient sous sa ditïon
Toute humaine conditïon,
Vit que li sains iert ententius
A bien faire et bien volentius
A son pooir de bien servir,
Pour sa boine amour deservir;
Il ne vaut pas que la luserne [4]
Fust longement sous la chisterne [5]
Sour le candelabre l'assit
Pour che que clerement luisist
A chaus qui sont en la maison,
Tant l'avancha en la saison
Qu'en lai abit encore estoit [6].
Il avint cose c'on festoit
A Paris la sollempnité
Selonc la vielle antiquité
Del boin martyr saint Dyonise.
Entrues c'on cantoit en l'eglise
Les matines sollempnelment,
Si comme on dut faire anuelment,
Li sains hom de l'eglise issi,
Ensi le vot et fit ensi;
Aval l'atre aloit pas pour pas
Ourant, et vit isnel le pas
De loins ·I· homme tout contrait;
Tant s'avoit traïné et trait,
Que sour le pavement gisoit
Près de la tombe où reposoit
Li cors du glorieus martir;
Ne se pooit d'iluec partir;
Là se gisoit en esperanche
Que Diex li dounast aleganche
De son mechaing, ou plain respas.
Vers lui ala isnel le pas
Li sains, ot grant pité de lui;
Quant bien ot aprochiet chelui,
Il l'araisna mout douchement,
Et enquist deboinairement
Tout le tempoire et l'ocoison
De chele claudication,
Et s'il avoit vraie créanche,
Et s'il avoit nule esperanche
En Jesu Crist, et s'il créoit
Que de che mechaing qu'il avoit
Péust estre sanés [7] jamais,
Et s'il créoit, si comme vrais
Crestiens croit et croire doit,
K'après sa mort resousderoit,
Et trouveroit en chel tempoire
Selonc ses fais paines ou gloire.

[1] Habitation ordinaire.
[2] Récompense.
[3] *Et temporis primi.*
[4] *Lucerna*-lanterne.
[5] Citerne. On dit par modification *mettre la lumière* sous le boisseau.
[6] Qu'il était en habit laïc.
[7] *Sanatus*-guéri.

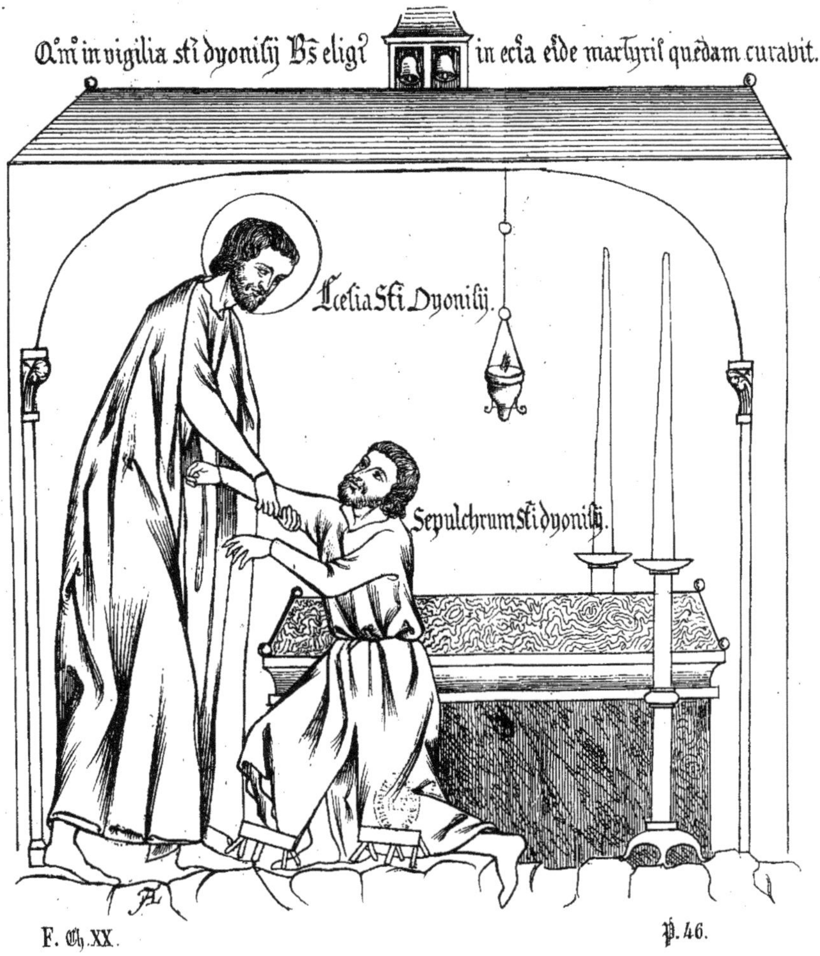
Qm̄ in vigilia sc̄i dyonisij Bs eligi in ecc̄ia eiđe martyris quedam curavit.
Ecc̄lia Sc̄i Dyonisij.
Sepulchrum sc̄i dyonisij.

F. Ch. XX.

P. 46.

Quomodo predictus Ermesindus Eligium precedebat letus.

N. Ch. XXIII.

P. 46.

Chil respondi que bien créoit
Tout che que saint eglise croit.
Lors li dist li sains, se ta fois
Est si très vraie, et se tu crois,
Si vraiment com tu me dis,
Pour quoi à chele terre gis
Si longement, que tu n'ies sains,
Prie au mains que ches boins sains
Fache vers Diex pour toi proiere,
Que tost te doinst santé entiere.
Chil dist que pour chele ocoison
Gisoit iluec en orison;
Lors dist li sains : Crois-tu pour voir [1]
Que chil sains ait aucun pooir,
Que il te puist ta santé rendre ?
Chil respondi sans plus atendre,
Bien le peut faire s'il li siet,
Lors dist li sains; or ne te griet [2],
Puisque tu crois c'aidier te puet,
Che mien conseil faire t'estuet;
Chi devant moi prometeras
A Dieu, que ta vie useras
A tous jours mais en son servise,
Sans contredit et sans faintise;
Garde que vraie soit et ferme
Ta fois, et chis sains à court terme [3],
Par la proiere qu'il fera
Vers Dieu, pour toi te savera.
Chil créanta que boinement
Feroit, et tout entierement
Quanques li sains li commandoit,
Et li sains plus ne demandoit
De lui fors que vraie créanche;
Il méismes, sans detrianche [4],
Se mist à terre en orison,
Et non sans grant effusion
De larmes, longement oura;
Asses oura, asses ploura.
Quant ouré ot à son plaisir
Par le main destre ala saisir
Le malade homme, et dist : Amis,
Se tu che que tu m'as promis
Crois vraiëment sans fauseté,
El non de sainte Trinité,
Et de la sainte vraie Crois,
Lieve sus et esta tous drois
Sour tes piés. Entrues que che dist,
Plus près de lui ·I· peu se mist,
Vers lui se traist de grant ravine [5],
Et lors par la vertu devine,
Véissiés cors desnouillier [6],
Membres estendre et desploïer ;
Sour piés estut drois comme fleche,
En tout son cors ne remest teche [7]
De mehaing ne de contraiture.
Tout si membre orent lor droiture,
Et lor usages plainement,
Et fu sanés entierement.
Mout conjura, mout manecha,
Li sains, chelui qu'il redrecha,
Que s'il ne voloit de rechief
Souffrir tel ou gregnor meschief,
Que nule autre riens ne desist
A nul homme qui enquesist
De sa santé, comment il l'ot,
Pour che seulement k'ensi plot
A Dieu qui par saint Dionise [8]
Li ot santé el cors remise.

---

[1] *Provero.*
[2] Ne te mets pas en peine.
[3] Sans retard.
[4] Retard.
[5] Vitesse.
[6] Se disloquer.
[7] Marque.
[8] Saint Denis.

XXI

Il redrecha les dois crochus d'un mehagnié qui avoit eu sa main sèche d'enfanche.

Il redressa les doigts crochus d'un infirme qui avait eu sa main sèche dès son enfance.

—

De rechief, en ·I· autre tans,
Avint que une tourbe grans
De povres loin de lui séoit,
Par où li sains passer devoit;
Ja ert ·I· poi outre passés.
Quant les povres vit amassés
Il retourna vers aus arriere,
Et mist sa main à s'aumosniere;
Entrues qu'il fist che qu'il soloit,
Que de sa main propre clooit
L'aumosne en la main de cascun,
Ainsi avint qu'il vint à un
Qui une main contraite avoit,
Pour che c'aidier ne s'en pooit,
Il vaut avant l'autre main tendre
Pour l'aumosne rechoivre [1] et pren-[dre.]
Li sains li dist: Je n'ai que faire
De cheste main, il t'estoit [2] traire
Tost l'autre main et metre en plache [3],
Si tu veus que je bien te fache.
Quant li preud'om ot avant traite [4]
Fors de son saim le main contraite
Qui ert malade et mehagnié [5]
Li amis Dieu l'a empoignié,
Et en son cuer secréement
Proia Dieu mout devotement,
Dès le keute aval manoia [6],
Ses bras amont et paumoia.
Lorsque il ut le main estrainte,
Qui estoit et seche et contrainte,
Les niers desjoinst et deslacha,
Et les crocus dois redrecha;
Il oinst la main d'oile d'olive;
Lors fu la mains et saine et vive,
Plus que n'iert l'autre en tous endrois
Droite ot le paume en tous ses dois.
Chil qui ches miracles véoient,
A la saintée [7] le tournoient
Du saint homme, et à la merite,
Mais il, qui n'ot ainc apetite [8]
D'umain los ne de grasse humaine,
Miet sage estude et sage paine
A esconser [9] chele loenge,
Et dist: Seignor Diex vous amenge [10],
Je quidai que chis se fainsist
Pour che k'ensi prendre vausist,
A ·II· mains cauces en cascune
Ou double aumosne ou au mains une.

———

XXII

Il fist d'un lot [11] de vin qui estoit en ·I· tounel que li touniaus fu tous plains.

Il fit qu'un tonneau où il ne se trouvait que deux pots de vin fut tout rempli.

—

En ·I· autre tempoire avint,
Que le saint homme aler convint

---

[1] Recevoir.
[2] Te convient de retirer.
[3] Place.
[4] *Attraxit.*
[5] Infirme.
[6] Manœuvra.
[7] Sainteté.
[8] Appétit-désir.
[9] Cacher-*abscondere.*
[10] Je vous remercie.
[11] Mesure de vin équivalent à deux pots.

Q^o modo s^s Eligius contractum sanavit.

O. Ch. XXI

P. 48.

Ne gaires loins de son afaire [1],
Je ne sai pour quel ocoison;
Soudainement vit à maisnie [2]
Devant lui une grant maisnie [3]
De povre gent de main menue [4],
Qui atendoient sa venue.
Quant il ot donnée s'ausmosne,
Sans vilonnie et sans ranprosne,
Si douchement comme il soloit,
Et paisiblement il voloit
As seillans [5] donner à boire,
Pour atemprer le fais de l'oirre [6],
Il fist enquerre as damoisiaus [7],
Qui portoient les barisiaus [8].
Cascuns dist que point n'en avoit,
Et voirs estoit, bien i paroit,
Car tost l'éust à son voloir,
S'il l'éussent en lor pooir.
Nequedent [9] à le par de fin [10],
Li uns dist que mout peu de vin
Avoit en ·I· vassel petit;
Liès [11] fu li sains quant il le vit;
Il le segna et fist livrer
As povres pour aus abevrer [12];
Mais qu'estoi-che de tel gloëte [13],
Et de tant povre mesurete,
Comme d'un lot et poi aveuc
Au grant pule [14] qui ert iluec.

Li boutelliers versa du vin,
Tesnuement en ·I· maserin [15],
Car il quidoit qu'il souffrainsist [16],
Et que il pas ne soufesist
A la moitié de chele gent
Qu'il véoit iluec en present [17].
Li sains hom l'en blasma et dist:
Que plus plentivement mesist [18],
Et que plus eslargist sa main,
Et fesist le hanap tout plain [19].
Chil li monstra la plenité [20]
Et la petite quantité
Du vin qu'il avoit entre mains.
Li sains qui lui ne mie mains
Que il fist ier en Dieu créï,
Le vin seigna et beneï,
Et dist au boutellier · aioire [21]!
Verse vin, verse, verse, verse encore,
Car mout est grans et s'est plentive [22];
La mains Jhesu qui nous aïve,
Par la merite de son saint,
Fist Dius qui nus biens ne soufraint;
Chele merveilleuse aventure,
Que de chele seule mesure,
Qui tant povre ert par aparanche,
Fist de vin si grant habundanche,
Que tout en burent à plenté,
Et cascuns à sa volenté,

---

1 Diocèse.
2 Ame ferme.
3 Assemblée.
4 De menu peuple.
5 Aux gens qui se tenaient au seuil de la porte.
6 La route.
7 Jeunes gens.
8 Barils.
9 Néanmoins.
10 A la fin.
11 Joyeux.
12 Abreuver.
13 Petite mesure.
14 Peuple.
15 Un verre.
16 Souffrissent de la faim.
17 Ce qu'il voyait là présent.
18 Il en mit.
19 Remplit la coupe ou le verre.
20 La grandeur du vase.
21 Courage!
22 Généreuse.

Et que li vins ne fali mie.
Bien est raisons que je redie,
Che que l'escriture me dist;
Je truis que d'un vaissel petit
Que li sains hon segnié avoit
Li vins de si plain escapoit
Que bien quidast qui le véist
Que d'un large sourgon [1] venist.

XXIII

Del Espanegnie qui il rendi se santé, et n'avoit en IX ans de lit levé.

D'un Espagnol qui n'avait pas quitté son lit depuis neuf ans, et à qui il rendit la santé.

—

Li sains Confes ·I· jour avoit
Cerkiés [2] les liex où il savoit
Entour Paris les ouratoires
Et les glises et les mémoires,
Et les reliques des cors sains :
Chest ses estudes souveraines
K'en tous les lius où il venoit,
Cheste coustume adès avoit
Les sains servir et honnerer.
A saint Germain ala ourer;
Quant il vint devant la capele,
Il vit k'en une karetele [3],
Gisoit uns hom Espanegnies [4],
Et de tout le cors mehagnies.
Il apeloit mout douchement
Le saint homme et piteusement.
Li sains qui franc avoit le cuer,
Ne pot pas soufrir à nul fuer,
Qu'il au malade n'aprochast,
Et de ses mains i atouchast,
Pour chou ke grant pité avoit,
Que li malade le véoit;
Quant en mémoire li revint
Humilités, el lui souvint
K'adès l'ot près de lui sachié
Et vaine glore en sus cachié,
Car tout adès l'ot mout amée
Et vaine glore en sus getée.
Lors eslonia ·I· peu chelui
Car miex amoit autrui que lui
Estre nommé de chel afaire,
Que il voloit coiément faire.
Il comman que il l'ostast
De le caretele et portast
En l'eglise et c'on le mesist
Lès le treslis [5] et là gesist.
Li sains entra dedens l'eglise,
Chelui proia que sans faintise,
Et fermement en Dieu creïst,
Et en ferme foi se tenist,
Dusc'a che point que Dieu pléust,
Que sa plaine santé réust.
Li sains qui pour lui proprement,
Faisoit iluec arrestement [6],
Devotement à terre oura;
Gaires après ne demoura,
Que chil trembla de tout le cors,
Braist et cria si comme tors [7];
Là fist et grant fieste et grant noise.
A che cri, à chele harnoise [8],
Chil qui en sus de lui estoient,
De toutes pars i acoururent,

---

[1] D'une source copieuse.
[2] Cherché.
[3] Petite charrette.
[4] Espagnol.
[5] Près de la grille.
[6] Une station.
[7] Comme un brûlé.
[8] Bruit.

Quomodo b̄s Eligius Parisiis claudum in ecclīa Sti Germani curavit. Ecclīa sancti Germani.

G. Ch. XXIII. p. 50.

H. Ch. XXIII

p. 50.

Pour véoir qu'estoit avenu ;
Et quant furent là tout venu,
Chil sali sus haliegrement [1],
Qui là gisoit el pavement,
Tous sains de membres et de cors,
S'esglandi de l'eglise hors [2] ;
Chil gries mehains l'ot trop grevé,
K'en ·X· ans n'ot de lit levé.
Li amis Dieu plus n'atendi
A Jhesucrist grasses rendi
Dedens son cuer secrèement,
D'iluec se parti liément.

XXIV

D'un mehagnie qui fu sainés de trop
grief mehaig, et avoit el ses
membres mehagniés.

D'un infirme qui fut guéri de son mal cruel,
il avait ses membres estropiés.

Si con ie truis [3] et lis et voi
Du boin Confessor saint Eloy,
Il avint en une saison
Encor estoit comme lais hom [4]
En l'abit de laie personne ;
Il venoit d'une vile bonc
A Gamape [5] d'iluec ala
Li sains hom, et quant il vint là,
Et dut entrer dedens l'eglise,
Il vit sour une pierre bise
·I· povre mehagnié gisant,
De tous ses membres non poissant,
Qui après lui mout haut crioit,
Et pour l'amour Dieu li prioit
Que il li fesist aucun bien,
Fust d'aumosne ou d'aucune rien.
Lors entendi li sains et vit
Que la grasse saint Esperit
L'ot pour chelui iluec tramis.
Lors vint à lui et dist : amis,
Se chis consaus miens boins te samble,
Si prions Dieu andoi ensamble
Que il, par sa benivolense,
Te garisse de tes impotense,
Savoir mon se par sa douchour
Te saneroit de ta dolour.
Il l'entroduist dedens l'eglise,
Et commanda que, sans faintise,
Fesist ententive orison
Que Diex li dounast garison.
Li sains, sans nul prolongement,
A tere oura mout longement,
Son chief drecha ·I· mout petit.
Quant encore gisant le vit,
Il se restendi de rechief
A terre, et tint enclin le chief,
Et mout prolixement ploura.
Tantes larmes iluec ploura,
Que la plentés et l'abondanche
De ses larmes fist sans doutanche
Le pavement sour quoi il jut
Moiste si comme il éust plut.
Après l'orison se drecha,
Vers le malade s'adrecha,
Et par le main le prinst et dist :
En non du Fil Dieu Jhesuchrist,
Qui toute riens de nient cria,
Lieve sus tes piés et va.

---

[1] Gaiement.
[2] Il s'échappe.
[3] Trouve.
[4] Homme laïc.
[5] Gamaches.

A paines ot li saines hom dite
Chele parole assés petite
Quant la santés fust aprestée,
Qui au povre homme iert destinée,
Il se leva et maintenant
Ala trepant et saletant,
Si que tout chil qui là estoient
A grans mervelles escoutoient
Jointures, ners à lui venir,
Croistre les os et retentir,
Si comme on ot aucune fois
Tisons brisier de sèches sois.
Lors qu'il fu respassés et sains,
Il beneï Dieu et ses sains,
Et fu en grant humilité,
Pour che que ot rechut santé,
Car par mous ans avoit esté
Tous ses membres gros et menus
De grief enfermeté loiés [1],
Et tempestés et caboijés [2],
Et pour che plus s'esmerveloient
Chil qui anchois le connoissoient,
Comment si très viés [3] maladie
Péust si tost estre garie.
Le saint homme souvint mout bien
Que chil li ot livré du sien
S'aumosne on aucun bénéfisse.
Li sains qui ot le cuer propisse
Compassient et deboinaire
Tout li vaut acomplir et faire
Sa requeste, et delivrement
Fu chil délivrés doublement;
Et de l'argent de s'aumosnière,
Et de santé plaine et entiere
Il le convoia boinement,
Et li preud'om devotement
Dieu et le saint homme aoura,
Et en sen liu se repaira.
Lors manecha horriblement,
Et conjura séurement
Li sains. Chius qui o lui estoient,
Et chele euvre véue avoient,
Que tant comme il mansist en vie,
N'eussent la char si hardie,
Que chele [4] euvre depuliaissent,
A nul homme tant s'en fiaissent,
Car il cremoit que li diables,
Qui tant est fel et dechevables [5],
Ne le péust par vaine gloire
Ou par grasse humaine dechoivre,
Ne que par si fust obscurée
La luserne de sa pensée.

XXV

Il avoit donné as povres tout l'argent et après il trouva en sa loiiere une pieche d'or qu'il lor donna.

Il avait donné aux pauvres tout son argent, et ensuite il trouva en sa gibecière une pièce d'or qu'il leur donna.

Tant iert adès li sains soigneus
Des povres et des besongneus,
Et tant à lui en aplouvoient [6]
Pour le secours k'en lui trouvoient,

---

[1] En patois on a conservé cette forme pour *liés*.

[2] Courbés.

[3] En Picardie on dit viés oing pour vieux oing.

[4] En patois picard on prononce encore de même les mots celui, celle.

[5] Décévable, trompeur.

[6] Tombaient comme la pluie, expression pittoresque aujourd'hui perdue pour la langue française.

I. Ch. XXIV p. 51. J. Ch. XXVI p. 53.

Que graus mervelle iert de l'oïr,
.... [1]
Mervelle estoit où il prendoit
Che qu'il en povres despendoit;
Pour che le di c'un jour avint,
Que mout grant multitude vint
De povres gens à sa donnée [2],
K'a paines fust à droit nombrée.
Il lor donna tout le tresor,
Qu'il pot avoir d'argent et d'or,
Chil premerain se departirent,
Autre après aus lor resortirent;
Il mist sa main à s'aumosnière,
Furcha amont, furcha arrière [3],
Tasta à mont, tasta à val;
Il n'i trouva point de metal.
A ·I· de ses familiers,
Prist or et argent et deniers,
Et as povres les departi.
Quant il furent de lui parti,
Grant pieche après chele donnée,
Es-vous une autre grant marée [4]
De besoigneuse gent revint.
Le saint homme pas ne souvint
De chele eure qui iert passée
·I· poi devant, car sa pensée
Avoit li sains par aventure
Assise en aucune autre cure.
L'aumosniere revint avant [5],
Que il avoit mout bien devant
Escousse, esquise, et escrutée [6],
Et qu'il avoit vide trouvée.
Lues qu'il l'ouvri dedens trouva
·I· pois d or k'as povres douna;
Il rendi grasses liément
Au seignour qui plentivement
Pourvoit et donne à ses amis
Tous les biens qu'il lor a promis.

XXVI

De l'avule qui fu enluminés si tost comme sains Eloys fist crois ser ses iex.

De l'aveugle qui recouvra la vue aussitôt que saint Eloi eût fait une croix sur ses yeux.

—

Un jour avint qu'il convenoit,
En chel tans k'a Paris manoit,
Le saint homme à ·I· lieu aler;
Ensi c'on faisoit enmaler [7]
Les dras, et l'euvre apareillier,
Bien sorent li povre espiier [8],
Par où li sains passer déust,
Que d'aus escaper ne péust.
Sour le pont furent arengié.
Du cheval descendi à pié
Li sains, et si comme il soloit,
De sa propre main enclooit [9]
L'aumosne en la main de cascun.
Entre les autres vint à un,
Qui de ses iex ne véoit goute,
Pour che qu'il séoit en la route.
Quant li sains li vaut en sa main
L'aumosne metre, il lues de plain
Sa main retraist plus tost qu'il pot,
Et à tel pooir com il ot,

---

[1] Il manque un vers.
[2] Distribution des dons.
[3] De *furcare*-fourgonner.
[4] Un flot de monde.
[5] Pour puiser à l'escarcelle en la ramenant devant soi.
[6] Fouillée, examinée.
[7] Placer dans les malles.
[8] Guetter, épier.
[9] Enclouait, expression figurée.

Cria et dist : biau sire Eloy,
Aies, pour Dieu, pité de moi;
Fai de ta main crois sour mes iex,
Et donne moi chou que j'aim miex;
Par couvreture [1] ·I· poi souffri
Li sains, et voiant tous [2] li dist :
Amis, ne te ses-tu seignier?
Chis ne se vaut atant coisier [3],
De tant [4] commencha plus à dire :
Saigne moi tu, saigne, biau sire [5]?
Quant il vit sa boine créanche,
Et sa ferme perseveranche,
Le signe de le crois li fist,
Sour ses iex O [6] de Jesus crist,
Comme est et digne et glorieuse
Sa grans poissanche et merveilleuse!
Lorsque li sains l'ot benéï,
Le signe de le crois sivi [7],
Un rais [8] de sanc qui descouvri
Tout le larmier lues qu'il l'ouvri,
En haut ses iex il vit mout bien.
Li preudom li donna du sien.
Dieu aoura et à grant joie
Se mist li preudom à la voie [9].

XXVII

Li warnement furent raporté en l'église Sainte-Coulambe à Paris, que li larron avoient emblés.

Les ornements que des voleurs avaient enlevés de l'église de Sainte-Colombe, à Paris, y furent rapportés.

—

De rekief en ·I· autre tans,
Iert à Paris li sains restans;
Larron orent parole prise
Entr'aus de violer l'eglise
Sainte Coulombe, et il si fisent,
Et tous les aournements prisent,
Dont l'eglise estoit aournée.
Quant l'en demain à l'ajournée,
Vit li coutres [10] si grant damage,
Trop fu troublés en son courage
Mout tost au saint homme fui [11],
Tramblant, et as piés li caï,
Et dist qu'entrues que il dormoit,
Et en son lit se reposoit,
La nuit devant iert violée
L'église, et de larrons reubée [12].
Quant li sains oï le meschief,
Mout l'en pesa, mout l'en fu grief,
Et lues sans point d'arestison
Se mist à terre en orison.
Quant il ot faite sa proiere
Il renvoia chelui arriere

---

[1] En secret.
[2] A la vue.
[3] Se taire.
[4] Pour lors.
[5] Fais sur moi le signe de la croix.
[6] *In nomine.*
[7] *Signo crucis signato.*
[8] Rayon.
[9] En chemin.
[10] *Custos*-dignité et fonction ecclésiastiques.
[11] S'enfuit.
[12] Dérobée.

Reconforté mout douchement;
Il méismes isnelement
A l'eglise ala quant il ot
Laiens ouré tant que lui plot,
Et il se fu levés em piés,
Mout dolens et mout courechiés,
En haut dist : Sainte-Coulombe oi :
A toi di-je, et moi bien le croi,
Sache li sires qui me fist
Et qui en mon cors l'ame mist
Que se tu mout tost ne remaines
Tous les aournemens demaines [1],
Qui ont esté pris en che liu,
Je te jouerai de tel giu,
Espines aporter ferai,
Et cheste porte escouperai [2].
Si que puis chest jour, en avant,
N'après ma mort, n'en mon vivant
N'eres en che lui, honnerée
Dame qui soit de mere née.
Itant dist et lues s'en tourna.
L'en demain quant il ajourna [3],
Chil coutres fu matin levés
Les aournemens a trouvés,
Par toute l'eglise estendus
Et en lor ordres rependus.
Quant il les vit de la grant joie
Qu'il ot se mist tost à la voie.
De tant con fu ier plus dolans,
De tant plus lies est et joians [4];
Courut au saint, se li nonchu [5].
Li sains méismes aprocha
Au lieu, et quant là vint et vit
Qui li paile [6] grant et petit
Furent en lor liex establi,
Si que neis uns n'i en fali,
Il loa le sainte martire,
Mais plus assés que ne puis dire,
Dieu Jesu crist magnefia,
Et sen saint non glorefia.

XXVIII

Il resuscita ·I· homme qui avoit pendu toute jour et le recoust de ses anemis.

Il ressuscita un homme qui avait été pendu tout un jour, et le délivra de ses ennemis.

—

Si comme j'ai dit là devant,
Le saint homme misent avant [7],
Les saintes euvres qu'il faisoit,
A Dieu et au siecle plaisoit
Et ses contiens et sa maniere.
Li Rois lor d'une proiere,
Qu'il li ot faite aucune fois,
Che don li otria li rois,
Et vaut que che pooir éust,
K'en tous les lius où il séust,
Hommes as fourches encroués [8],
Ou en bargies [9] ou enroués,
Ou en aucun patible mors,
Des patibles [10] ostat les cors,
Et des fourches les descroast [11],
Et desbariast et desroast [12],
Fust à viloi, fust à chité [13],
Et par sa franche auctorité

---

[1] A elles appartenant.
[2] *Flagellabo.*
[3] Quand le jour parut.
[4] Joyeux.
[5] Lui apprit les nouvelles.
[6] Belles tentures,
[7] Révélèrent.
[8] Pendus aux fourches patibulaires.
[9] Dans les fossés.
[10] Supplice de la roue.
[11] Décrochât.
[12] Otât des fossés et des roues.
[13] Que ce fut en ville ou au village.

Les péust faire ensevelir.
Li sains pour chele euvre acomplir,
Esgarda ·II· Vespellions [1],
Qui chercaissent les regions :
Che fu Vincent et Galeboide [2],
Qui fort ierent et viste et roide;
Vespellion sont proprement,
Qui enterent la morte gent.
Il lor livra boins adjutoires [3],
A dès [4] portoient les fossoires [5],
Beskes, leviaus, pis et sarchiaus [6],
Et par chités et par castiaus.
Que s'il en aucun liu trouvaissent,
Homme mort que tost l'enterassent.
De che avint K'en ·I· tempoire [7],
Chevauchoit à mout grant estoire [8]
Le rois aval le Normendie;
Li sains iert en sa compaignie,
Et aloient à la chité
Vielle de grant antiquité,
Qui Strehenbours [9] iert par non dite.
A une huchie petite [10] :
En erent près quant il coisirent [11]
Sour ·I· tertre de loins et virent
·I· homme en méisme le jour
Pendu et mort : sans nul sejour,
Si vespellion i alerent,
Et jus des fourches l'avalerent.
Li sains senti par aventure,
Si con je truis [12] en l'escriture,
Que là convenoit ouvrer;
Entrues que chil à manouvrer,
Entendirent et misent cure
D'aparellier sa sepulture.
Li sains homme ·I· poi se hasta,
De chief en chief le cors tasta
Et manoïa secréement.
Es-vous si très hastéement,
Un poi senti teue le pis [13],
Quant il sot qui li esperis
Est plainement el cors venus,
Pour che qu'il ne voloit que nus
Par nul aventure séust,
Que il resuscité l'éust,
Oïant tous dist : Diex quel folie,
Et con desloial felounie;
Se Diex si tost ne nous éust
Par sa grasse aidié, ja péust
Estre chis cors en terre mis,
Jamais ne fust espanéis [14]
Li grans pechiés que eussiens ore
Fait, car l'ame est dedens encore.
Quant che ot dit, chil qui l'oïrent
A merveilles s'en esbahirent.
Il commanda qu'il le couvrissent
De dras, et que caut [15] le tenissent,
Tant qu'il fust reposés ·I· poi :
Il le tinrent et caut et coi.
Quant par loisir fu reposés,
Et quant fu bien resvigorés [16]

---

[1] Du latin *vespillo*-fossoyeur.
[2] L. de Montigny (traduction de l'an 1636, in-12), écrit Gallebot.
[3] De bons aides.
[4] Deux - *duo*.
[5] Pioches.
[6] Bêches, leviers, pics et cordages.
[7] *Tempus*.
[8] Equipage.
[9] Strasbourg.
[10] Maison - *huce*.
[11] Découvrirent.
[12] Trouve.
[13] En silence, la poitrine.
[14] De *punire*.
[15] Chaud, en patois picard on prononce caud.
[16] Repris vigueur.

Dedens le cors li esperis,
Chil qui iert mort tains [1] et peris,
Sailli en piés legierement,
Sains et haitiés tout ensément [2].
Comme se il en tout le jour
N'éust senti mal ne dolour.
Lorsque chil de la chité sorent [3]
Que chil vivoit, qui le jour orent
Pendu, et qui pour mort lassierent,
Vers lui cruelment s'eslaissierent [4]
Si anemi, et de rechief
Si vaurent ou couper le chief,
Ou destruire, ou deffigurer.
Li sains qui ne pot endurer
A grant paine lor esrachoit
Des mains, et lors, li pourcachoit [5]
Au Roi cartre sécuritaire [6].
Ensi de mort et de contraire
Et de ses mortex anemis
Le delivra li Dieu amis.

XXIX

Il fist les sépucres de mout cors sains et levoit de terre et metoit de liu en autre.

Il fit des sépulcres pour plusieurs corps saints. Il les tirait de terre et les plaçait d'un lieu dans un autre.

—

Chil qui onques ne s'entremet
D'aucun bien faire et toute met
Sa cure et s'entente à oiseuse,
Je dis qu'il a vie aniense [7].
Oiseuses mains, pensée wide [8],
Qui n'embrache aucun boine escuide [9]
Pour voir [10], s'ame ochist et afole [11].
Li sains hom ot en sainte escole
Chele lechon mout bien aprise;
Ne fust oiseus en nule guise,
Ou il lisoit, ou il ouvroit,
Ou, il, de ses mains labouroit,
Aveuc le livre, aveuc l'ouvrer [12].
S'estudioit de labourer.
Les sepucres de mout cors sains
Fist li sains de ses saintes mains,
D'or et d'argent, de gemmes riches,
Car il n'ert pas avers ne niches [13]
Des sains hounerer et chierir,
Car bien li porront remerir :
Che fu saint Piat de Seclin,
Saint Germain et saint Severin,
Saint Quentin, saint Maximiien,
Saint Lucien, saint Juliien,
Saint Lolien, sainte Columbe.
Ne dois pas oublier la tombe
Qu'il fist sur sainte Geneviere,
Asses le fist vallant et chiere;
En pluisours lius, en maintes terres
Fist il fiertres et philatieres [14],
Où il enclost maintes reliques,
Et mains cors sains antiquites;
A saint Martin méismement
De Tours ouvra si noblement,

---

[1] Blême.
[2] Saint et joyeux, tout ensemble.
[3] Sçurent.
[4] S'élancèrent.
[5] Sollicitait.
[6] Charte de sécurité.
[7] De *anxius*.
[8] Vide-*vacua*.
[9] Pensée, croyance.
[10] En vérité.
[11] Blessé, mot conservé dans le patois picard.
[12] Le travail.
[13] Chiche.
[14] Châsses et reliquaires.

Comme ses cuers li devisoit.
Le tombe où li Confes estoit
Couvri de gemmes et de l'or,
Que lui livroit de son tresor,
Sans pois, sans nombre et sans ba-
[lanche?]
Dagombiers li boins rois de Franche.
La tombe où saint Martins ot jut
Primes, ains qu'il l'éust remut.
Et après, la tombe saint Brisse [1]
Fist il de mout noble opifisse [2].
Estre tout che qu'il manouvra,
La tombe saint Denise ouvra
A Paris, bel s'en entremist,
Sour méisme le marbre mist,
Un tinguire assés riche et bel
J'apel tinguire apentichel,
Pegnons, frontex, testes, costieres,
Couvri d'or et de gemmes chieres,
Mout richement l'edefia,
Car tout ses seus i desploia,
Par l'aide que li boins rois
Li faisoit, que tout à son cois
Li livroit et abandonnoit,
Quanque à chele euvre convenoit:
Or, gemmes et toute autre rien;
Li sains l'emploioit mout très bien,
Et fist de si noble aparel
Chel ouvrage que son parel,
Ne de biauté ne de vaillanche
Ne set-on nul en toute Franche.
Chil qui le voient mout le loent,
Neis chil qui parler en oent.

XXX

Li sage clerc alerent à Romme pour oster le fausse loi des mescréans hirites.

Les savants clercs allèrent à Rome pour détruire la fausse loi des incrédules hérétiques.

—

Chil qui bien veut servir l'istoire,
Et dont n'a soing de faire acroire,
N'en menchoigne n'en falourdie [3],
Il li convient que le voir die,
Tel con je le truis en la lettre,
En saint istoire ne doit metre,
Nus, nule rien qui ne soit vraie,
Il me mescuet que je me retraie
A continuer ma matere :
Il n'a si vraie istoire en terre.
Quant fait furent chil grand ouvrage,
Par le sens del orfevre sage,
Et par tout furent acoisiés [4]
Toutes les gens, et apaisiés,
Gaires de tans puis ne courut,
Que li rois Dagombiers mourut,
Li plus nobles de tous les prinches,
Qui fussent en toutes provinches
Ensevelis fu en l'eglise
Du boin martir saint Dyonise.
Desous une arche au destre les :
Là fu li rois entumulés [5].
Loeys ses fiex qui fu d'éage
Auques jone tint l'iretage
Après lui et la monarchie
De tout le regne en sa ballie;

---

[1] Saint-Brice.
[2] De *opus*-travail.
[3] Ni en mensonge, ni en conte.
[4] Apaisés, de *quiescere*.
[5] *In tumulo*.

El tans que il sot, les Franchois
Regne de primes voire anchois,
Iert ja en Orient semée
Une hiresie envenimée,
Empereres estoit de Romme,
Constentins, quant chil pervers [homme]
Commenchierent perversement
Violer l'establissement
De sainte Eglise et la créanche [1]
Quasser [2], par lor outrequidanche.
Il disoient que chis escris,
Ment qui dist que Jhesucris
A nul jour vraie char ne prist
De la puchele, et qu'il vosist
Forme de serf avoir et prendre.
Partout faisoient à entendre
Que teus [3] créanche est fause et vaine
Et que la leur est vraie et saine.
D'autres hiresies assés,
Estoit ja presque tous quassés
Li murs de la foi crestienne,
. . . . [4]
Car par la droiture profane,
. . . . [5]
Et par lor predicatïon,
Metoient grant confusïon
Et dolereuse en sainte eglise.
Tant iert là leur lois avant mise
Et chele grans perversités,
Que non seulement est chités,
Là où chele gens demouroit,
Mais par tout Orient couroit,
Et ja estoit si eslochie [6]
Que presque toute est efflechie
Romme de chele pusnaisie,
Et de la pusnaise hiresie.
Papes Martin faisoit l'offisse,
Adont du Roumain pontifiche;
Je di que apostoilles estoit:
Vigereusement contrestoit
Pour chele cause à cismatiques,
Pour che que il ert catholiques;
Honteusement les laidenjoit,
Pour la foi vraie et blastemoit [7].
Quant li papes Martins tant ot
Souffert que plus ne dist ne pot,
Car cascun jour croissoit li crimes,
Et li empereres méismes,
Et aveuc li plusour haut homme
De tous les plus vaillans de Romme,
A cismatiques se penchoient,
Et lor parties deffendoient,
Et ja quassoient l'evangille,
Il assambla mout grant concile
D'evesques en l'entencïon
D'oster cele confusion,
Et la bougrerie [8] eskiver,
Qui ja faisoit près ke [9] encliner
Nostre vraie foi à ·I· fais.
Li conchiles qui dont fu fais,
Par le consel et par le sens
Et par tout le commun assens [10]
Des vesques li papes de Romme,
Fist et escrist et mist en somme
Tous les poins de foi catholique
Contre chele gent heretique.
Tous les articles de créanche,
Envoia li papes en Franche;

---

[1] La croyance, la foi.
[2] Briser.
[3] *Talis.*
[4] Il manque un vers.
[5] Il manque un vers.
[6] Ebranlée.
[7] Blâmait, condamnait, *blaterare.*
[8] Hérésie des Albigeois, *Bulgaria*, ainsi nommée de la croyance que ceux-ci étaient venus de la Bulgarie.
[9] *Tunc*-alors.
[10] Assentiment.

Par ses propres letres manda,
Le roi de Franche, et commanda
Que s'il éust en son païs
Clers bien letrés et bien apris,
Bien fondés en sage doctrine,
Et doctrinés de loi devine,
Qui fussent sages et prudomme,
Qu'il les fesist aler à Romme,
Pour lui aidier et soustenir,
A la vraie foi detenir,
Pour abaissier la dierverie [1],
De la desloial hiresie.
Mout volentiers à chele fois
I fust mesires sains Eloys
Aveuc ses compaignons alés,
Mais d'autre cose ert emblaés [2],
Qu'il ne pot en nule maniere,
Ne respiter, ne metre arriere.

XXXI

Li martires d'un apostole de Romme qui fut martriés pur le vraie foi crestienne essauchier [3] et fu envoiiés en prison en Constantinoble.

Le martyre d'un apôtre de Rome qui fut martyrisé pour avoir exalté la vraie foi chrétienne, et fut envoyé en prison à Constantinople.

—

Mout tost après brief entreval,
Que du concile general,
Qui en chel tans fu fais à Romme,
Furent repairiet li preudomme,
Vesque, archevesque, autre prelat,
Chil qui tous les biens contrebat [4],
Li diables, qui tous jours velle [5],
Qui onques ne dort ne soumelle,
Mais tous jours quiert [6] engieng et art,
Comment puist chaus traire à sa part,
Qui mout cure ont de son acost
Sour l'apostole ala à ost [7],
Car, il, par ses officiaus,
Par ses hirites [8] desloiaus,
L'assailli et agenoulla [9],
Et cruelment l'esperonna
De mous agais [10], de mous assaus;
Mais li hom, qui iert bons vassaus,
Ne vaut guerpir le droit sentier,
Car Dieu amoit de cuer entier;
Et quant che vit li fel dyables
Que par ses menours connestables [11]
Ne porroit à nule maniere
Traire le Pape à sa baniere
Par l'empereour le cista
Que rien ne fist ne n'esploita.
Li empereres proprement
Li fist propre commandement
Que il tant seulement fesist,
Que il fausast et desdesist [12]
Loi devine et foi crestienne,
Car trop ies viés [13] et anchienne,
Et la nouvelle autorisast,
Et partout le domatisast.

---

[1] Culte des diables. Le mot endéver, en langage familier, signifie endiabler.
[2] Empêché. Patois picard, emblavé.
[3] Exalter.
[4] Agit contre le bien. On a conservé le mot *contredire*.
[5] *Vigilat*.
[6] *Quærit*-cherche.
[7] *Sicut hostis*.
[8] Hérétiques.
[9] Le terrassa presque : littéralement, le fit tomber sur ses genoux.
[10] Embûches.
[11] Moindres chefs.
[12] Reniât.
[13] Vieille.

Mais, il, qui ot le cuer estable [1]
En la foi sainte et hounerable [2]
. . . .
. . . .
Dist que ja n'en diroit folie
Encontre Dieu, ne felounie.
Sa conscienche li looit [3]
D'assés miex devoit et pooit
Desirrer que on l'ochesist
Que il blechast et mal mesist [4]
Sa créanche, car cheste vie
Est en une eure esvanuie.
Quant li official Sathan
Li frere Abiron et Dathan,
Virent k'ensi n'achieveroient,
Et le Pape ne flechiroient
Par losenge ne par menache,
Il l'amainent emmi le plache
Voiant le pule le batirent
Mout cruelment et puis l'aflirent [5]
De mout de manieres de paines.
Cordes prisent bien fors et caines [6]
Dont il le cainsent [7] et loierent;
Bien encainé l'envoierent
En essil en Constantinoble.
Li miex vaillant et li plus noble
Qui à che tans erent à Romme
Grant duel fisent pour le saint homme
Là où li sains fu envoiés
Très cours tenus et ferme loiés,
Comme s'il fust uns fellions [8].
Li boins hom, li sains campions,
Qui pour Jhesu tenoit prison,
Rendi par sa pure orison
Et simplement par sa proiere
A ·I· awule [9] sa lumiere.
En l'essil où il fu menés
Fu de maintes paines penés.
Quant Diu plot à la par defin
Fina et fist mout sainte fin.
Enté [10] avons en cheste istoire
De che saint Pape le memoire;
Pour che doit bien estre autentiques
K'en la foi fu vrais catho[li]ques
Nonques la foi ne vaut desdire
Mais pour la foi souffri martire.

XXXII

Del hirite que mesires S. Eloys fist banir de tout le roiaume de Franche pur ses hirisies desloiaus qu'il voloit prouver pour boine.

D'un hérétique que messire saint Eloi fit bannir de tout le royaume de France pour ses hérésies déloyales qu'il voulait prouver être bonnes.

—

Ensi con che fu fait à Romme,
Li boin crestien, li saint homme
Des transmarines regions
Ou jadis furent religions

---

1 *Stabilis.*
2 Honorable.
3 *Ligabat.*
4 Mit à mal.
5 *Afflictaverunt.*
6 *Catenas.*
7 Enchaînèrent.
8 Félon, traître.
9 Aveugle; en patois picard, on dit avuler pour aveugler.
10 Greffé.

D'autorisié seignourie,
·I· hirite pour s'iresie
Et pour ses fausetés prouvées
Cachierent [1] hors de lor contrées:
Tant fist que de decha se mist;
A Ostun [2] vint, là s'entremist
Ses desloiaus assertïons,
Toute ert à che s'entencïons
Que, par sa doctrine faussaire,
Péust tant esploitier et faire,
Que toute fust jus [3] enclinée
Et fust de toute esterminée
De sainte Eglise apostolique
Fois crestienne et catholique.
A Paris el palais le roy,
Fu à mon segneur saint Eloy,
La nouvelle contée et dite,
Que par chel desloial herite,
Et par ses sermons desloiaus,
Ostuns qui est cités roiaus
Et presque toute sainte Eglise
Declinoit à mescréandise.
Lors fu li sains en grant soulloit [4]
Si comme adès estre soloit
Pour cel cas; il, et sains Oains,
Ses vrais amis, ses boins compains [5]
Et aveuc aus preudomme maint,
Sage, religieus et saint,
Misent grant song [6] et grant entente,
Que chele biresie pullente [7],
Fust descouverte et avant mise,
Et ostée de sainte Eglise.
Tant fist mesires sains Eloys,
Par sa proiere, que li roys
Fist à Orliens assambler sensne [8]
De tous les prelas de son regne.
De clergie fu plaine la vile:
Chil fu menés à chel conchile,
Li plus sage clerc le poserent,
Et sagement le proposerent,
Raisons très souffisans et beles,
Escritures, vie et nouveles.
Qui à la foi apartenoient.
Communement à che penoient [9]
Qu'il le péussent convertir
A vraie foi ou subvertir [10]
Del tout, et sa doctrine et lui;
Mais dans trestous n'i ot chelui,
Tant fust boins clers, ne tant séust,
Que lui tout seul vaincre péust,
Car encontre lor questïons
Relanchoit ses objectïons,
Tant perverses, tant perilleuses,
Tant soutius [11], tant contralïeuses,
Que là où on quidoit que plus
Fust abaubis mas [12] ou conclus [13],
Tant soutilment s'en deslachoit;
Tant simement [14] outre glachoit,
Et mouvoit autres questions,
Et canjoit [15] ses objections,
Lors les metoit en autre voie,
A guise de boute en coroie.
Ja les avoit tous abosmés
Et près que tous enfantosmés,

---

[1] Chassèrent.
[2] Autun.
[3] A bas.
[4] Souci.
[5] Compagnon.
[6] Soin.
[7] *Quæ pullulabat*, qui s'accroissait.
[8] Un synode.
[9] S'appliquaient.
[10] Ce mot n'est plus employé qu'en mauvaise acception.
[11] Subtiles.
[12] Abattu.
[13] Réduit au silence.
[14] Adroitement évitait le coup.
[15] Changeait.

Quant Diex mout tost les conseilla,
Car il avoit ·I· vesque là,
Sauves [1] fu dis en propre non;
De grant clergie ot le renon:
Quant il che vit k'en vain luitoient,
Chil qui à chelui desputoient,
Il aert [2] la desputison;
Vers lui ne pot avoir foison
Li fausetés du mescréant;
Tost le fist mat et recréant
Et tost selone mon ensient [3]
Le mist à inconvenient,
Car li vesques bien desprouvoit.
Chil se penoit de desprouver
Che que nus ne doit reprouver.
Le verité de l'Evangile
Tenoit à menchoigne et à gile.
Il fu conclus apertement:
Tout li prelat communement
Qui là estoient le dampnerent.
La sentense que il donnerent
Encontre lui fu bien escrite;
Escris i fu li nons l'eirite;
Trestout chil vesque ·I· decré fisent;
Par toute Franche le tramisent
Que tout et clerc et lai séussent
Comment chel desloial éussent
Dampné pour le mescréandise
Dont il entoscoit [4] sainte Eglise.
Au plus honteusement qu'il péurent,
Car par raison faire le doit,
Banirent che popelikan [5]
De tout le regne gallikan.

XXXIII

D'un hirite qui fu banis de Paris pour chou qu'il sudinoit le pule de s'iresie.

D'un hérétique qui fut banni de Paris, parce qu'il entretenait le peuple de son hérésie.

—

En che capitre, es premiers viers,
Trues d'un autre herite pervers,
Que tout Paris envenimoit
De sa doctrine qu'il semoit,
Par sa perverse apostasie,
Par sa desloial fantasie,
Trestout le pule soudivoit [6],
Et li pules ja s'apuioit
Presque tous à la fausse loi.
Quant à mon seigneur saint Eloy
Vint la nouvele, iriés en fu,
Ne le vaut faire ardoir en fu,
Ne desmembrer ne mehaignier,
Batre le fist et laidengier,
Puis le fist par s'autorité
Banir de Paris la chité.

XXXIV

D'un autre hirite que Sains Eloys fist metre en cartre pour s'iresie.

D'un autre hérétique que saint Eloi fit mettre en prison pour son hérésie.

—

Un autre truis estre chelui,
Mervelles truis escrit de lui,

---

[1] *Salvius*.
[2] Arrêta.
[3] Mon escient, mon sens.
[4] *Intoxicabat*, empoisonnait.
[5] Nom donné aux Manichéens, dont Paul était le chef.
[6] Séduisait.

Il faignoit que priestres estoit,
Comme prestres se revestoit
De casule [1] et d'aube et d'amit [2],
Et en religieus abit
Chercoit [3] castiaus, viles et bours;
A vraie foi iert tant rebours,
K'ades préechoit le contraire.
Tant soutilment savoit atraire
A son voloir et atraper
La simple gent que escaper
Aenuis [4] onques li péust,
Nus hom qu'il ne le décheust.
Quant il renons de tel belloi [5]
Vint à mon seigneur saint Eloy
Il le fist en cartre geter
Et mout povrement dieter.
Quant en la cartre ot tant esté
Que tout le cors ot tempesté,
Maigre et afflit [6], sec et tané,
Pale, le vis et escané [7]
Pour disete de garison,
Le mist li sains hors de maison,
Et pour sa fole outrequidanche
Le fist banir de toute Franche,
Et par sa franche autorité,
Destruist la grant perversité
De mous autres en son tempoire
Dont je ne fais nule memoire
Qui sainte Eglise dechevoient
Et la simple gent cunchioient [8].

LI FINS DU PREMIER LIVRE.

Pour che que trop aroit afaire,
Qui tout vauroit dire et retraire
Les biens qu'il fist et mettre en serre
Trop i aroit longe matere,
Chi veul finer chest premier livre,
Car se Diex me consent à vivre,
Et se li sains par se merite
Me veut aidier que soit descrite
Par moi sa très douche memoire,
Che qu'il remaint de chest ystoire,
Et de che qu'il fist grant partie
Entrues qu'il fist la monarchie
Del episcopal dignité,
Dirai la pure verité
Et les vertus qu'il daigna faire,
Puis son obit que bien desclaire
Li tiers livre de chest volume.
Dieu proi, que teus est ma coutume,
Qu'il par sa grasse deboinaire
M'otroit que bien le puisse faire.

DEUXIÈME LIVRE.

XXXV

Chi fu ostée li symonie et l'iresie de royaume de Franche par le re-queste mon seigneur saint Eloi de Noyon.

La simonie fut ôtée du royaume de France par les soins de Monseigneur saint Eloi.

Selonc l'escrit vrai et loial,
Lonc tans ot el palais roial,

---

[1] Chasuble.
[2] Amict.
[3] Ensorcelait.
[4] Aucun.
[5] Besloy, infraction à la loi.
[6] Affligé.
[7] Décharné.
[8] Conchier, tromper.

Mesires sains Eloys menée,
Vie saintisme et ordenée,
En lai abit et seculer,
A loi de moine reguler,
Li Dieu ami en Franche vint;
Très le tans que de Franche tint
Toute l'onnour, li roys Lothaires,
Qui simples iert et deboinaires,
Et tout le tans k'en se ballie,
Ot Dagombers le monarchie,
Del regne, et ses fiex après lui
Loeys, et après chelui
Fu li jones Lotaires rois,
Vesqui [1] mesires sains Eloys,
Es tempories mult arrierains,
Très le tans que li primerains
Lothaires fu roys des Franchois,
Voire [2] lonc tans assés anchois [3],
Très che que le desloial femme,
Bruneheus fu de Franche dame,
Dusc'à che point et chel éage
Que Dagombers tint l'iretage,
Courut par Franche une hiresie
Que on apele symonie,
Qui toute Franche envenimoit,
Et vraie foi contaminoit [4],
Soigneus furent et curieus,
Li saint homme religieus,
Li vrais amis Dieu sains Eloys,
Et sains Oains que vraie fois
Fust bien replantée et reprise,
Et tout le regne en sainte Eglise.
Chil doi en chief premierement,
Et par lor saint enortement [5],
Mout d'autre preudomme hounerable
En vraie foi ferme et estable,
Qui en che tempoire en Franche ierent
Par commun conseil enorterent,
Le roy et les barons roiaus;
Que l'iresie desloiaus,
Dont sainte Eglise ert tempestée [6],
De sainte Eglise fust ostée.
Bonnement lor fu otroiet,
Quanques orent le roy proïet.

XXXVI

Li deffen fu faite par toute Franche que nus ne vendist les biens de sainte Eglise.

Défense fut faite par toute la France que nul ne vendît les biens de la sainte Eglise.

—

En Franche fu à chele fois
Communement fais uns defois [7],
Que nus ne péust ne déust
Estre ordenés, pour qu'il éust
Fait don ou promesse d'avoir
Pour les sacrés ordres avoir.
Qui pour chou donne ou fait promesse
N'est pas dignes de canter [8] messe.
Après che point ·I· autre prisent
Chil qui chest discretal escrisent;
Que nus hom en nule maniere,
Fust en pontificale caiere,

---

[1] Vécut.
[2] Même.
[3] Encore.
[4] Souillait, de *contaminare*.
[5] De *hortari*, exhorter.
[6] Troublée.
[7] Une défense.
[8] Prononciation picarde.

Ne fust eslis à pontifice,
Qui tant fu siers [1] à avarisse,
Qu'il vendist ou mesist en vente
Prouvende, persounage [2] ou rente,
Et qui fesist marchéandise
Des frans alues [3] de sainte Eglise,
C'on doit emploïer saintement,
Selonc le saint commandement
Qui est en l'Evangile escris,
Là où Diex dist : vous avés pris
En pardon, en pardon rendés
Mes dons, et pas ne les vendés.
Puis fu faite cheste devise,
Que chius fuissent en sainte Eglise
Avant mis et autorisié,
Et en l'ounnour entronisié,
De pontifical segnourie,
Qu'il vesquissent de sainte vie,
Sans aucune contagïon,
Et sans mauvaise opinïon.

XXXVII

Il fu chi eslis à estre evesques de l'Eglise de Notre-Dame de Noion, et fu roïiegniés comme clers contre sa volonté et maugré sien.

Il fut élu évêque de Noyon et fut renommé comme savant clerc malgré sa volonté et son dédain (des honneurs).

—

Jou [4] ai devant aucune fois
Dit que Mesires sains Eloys
Mena religieuse vie,
Honneste et pure et sans putie,
Plaine de sainte neteté [5],
Et de très sainte noteté,
De boines meurs enluminée,
D'uevres saintes encoulourée.
Li sains renons de lui courait,
Que Diex par sa merite ouvroit,
Et par ses saintismes proieres,
Miracles de maintes manieres;
Dieu ne vaut plus que la luisierne [6]
Fust esconsée en la lanterne,
Sour le candelabre l'assist,
Pour che que clerement luisist.
Le saint homme à evesque eslirent,
Li esliseur par tout sivirent
Les poins de sainte election;
Eslis fu vesques de Noion.
Finés iert en chel an méisme
De mort precieuse et saintisme
Sains Acaires qui ot esté
Lonc tans Vesques de la cité.
Aveuc mon seigneur saint Eloy,
Selonc che k'en la letre voi,
Et k'es vraies cronikes lis,
De Rouem fu vesques eslis
Sains Oains, qui par boine foi
L'amoit autretant comme soi,
Car entr'aus iert la compagnie
Vraie et loiaus sans vilonnie [7].
Chil qui le saint orfevre eslirent,
L'abit seculer li tolirent,
Estre [8] son gré rovegnierent,
Et comme clerc l'apareillerent,
Pour che que bien discré le virent,
Pasteur et garde l'establirent,

---

[1] Cher.
[2] Bénéfice ecclésiastique. *Personatus.*
[3] Aleux, fiefs.
[4] Je, prononciation conservée dans le patois picard.
[5] Notoriété, de *natus*, connu.
[6] *Lucerna*, lampe.
[7] Fausseté.
[8] *Ultrà*, malgré.

Et de castiaus et de cités,
Dont l'istoriaus verités
Desclaire les nons proprement.
Vermans [1] i truis premirement
Qui ert adont mout anchienne
Cités et metropoliene [2],
Et la roiaus cités Tournai
Noïon, Flandres, Gant et Courtrai,
Selonc le dit de l'escriture ;
De tous ces lius ot-il la cure,
Car mout estoit la gens sauvage,
Qui encore sivoit l'usage,
Et les vix [3] superstitïons
Des Sarrasines natïons.
Et encore iert en grant partie
Aloié à l'ydolatrie.
Ne ne pooit en nule part
Ne plus que tigres ne lupart [4]
Rechoivre la sainte dotrine
De la sainte escole devine.

XXXVIII

Chi fu el evesques de Noion et sains Oains de Roem la cité.

Il fut évêque de Noyon, et saint Ouen, de la ville de Rouen.

—

Quant li sains vit que par raison,
Ne par soufisant ocoison,
Ne se porroit arriere metre,
Qui ne le sceust entremetre,
Vausist u [5] non du saint offise,
Et prendre le pontifice
Que sainte Eglise li offroit ;
Ne vaut suffrir à nul endroit,
Comme sages et bien senés
Que il fust prestres ordenés ;
S'anchois [6] n'éust une partie
Del tans usé en la clergie.
Quant li tans vint en la saisons
Que bien estoit drois et raisons
Que il déust estre ordenés,
Et sains Oains fu remanés
D'unes teres auques [7] lontaines,
Que on nomme les Giretaignes [8],
Et de nouvel prestres estoit,
El mois de mai quant on festoit
En Franches les Rogatïons,
Et sivoit les processïons,
Par ·III· jours penitenciaus ;
Au tierc an ques li jovenchiaus [9] ;
Loeis iert de Franche rois,
El quatorsime jour del mois,
Que on cantoit les letanies,
A mout hounestes compagnies,
Vinrent li doi eslit [10] ensamble,
Et aveuc aus, si con moi samble,
Li Vesque comprovincial,
A Roem la cité roial,
De che méisme fait memoire
Sains Oains qui fist chest istoire,
Et dist : En ·I· jour recheumes
Le saint sacre, et ensamble fumes

---

[1] Vermand.
[2] Siège d'un évêché.
[3] Vieilles.
[4] Léopards.
[5] Au.
[6] En ce temps.
[7] Assez.
[8] Bretagne. L. Montigny nomme la ville de Nantes.
[9] *Juvenis.*
[10] *Duo electi.*

Des sains Vesques de sainte vie,
Vesque ordené sans symonie
Et sans pesme [1] condition,
Jou [2] de Roem, il [3] de Noïon.

XXXIX

Chi fu il ordenés et tint le carité des povres, et les conseilloit de chou que mestiers lor estoit, et repaira de sen sacre à Noion, vestue le haire.

Il reçut les ordres sacrés, et conserva la charité pour les pauvres, et les aidait en leurs besoins, et retourna après son sacre à Noyon, portant la haire.

—

Lues que mesires sains Eloys
Eut rechute [4] de Noïenois,
Par la devine autorité,
Le pontifical dignité,
Et il fu repairiés arriere
Du sacre à sa propre caiere [5],
Du tout à Dieu se dedia,
Tous à Dieu se sacrefia.
Qui est chil qui porroit souffire
A recorder tout et redire,
Et tout escrire, et metre en somme
La sainte vie du saint home
Que il menoit et aspre et dure,
Si comme chil qui n'avoit cure
De la caronge dangerer [6],
Mais pour l'ame miex esmerer [7],
Et espurgier et nete faire;
A pure [8] char portoit le haire [9]
Simplement en l'entencïon
D'eschiver ostentacïon.
Le soing et le cure et l'entente
Qu'il seut avoir par droite rente,
Devant che qu'il fust ordenés [10],
Et des contrais et des genés,
Et d'autres povres besoigneus,
Eut-il après, et fu soigneus
Plus que devant d'aumosnes faire,
Et d'enmindrer tout son afaire [11],
Et de tenir le saint usage
Qu'il commencha en jone éage;
Che fu geüner et vellier,
Ourer, et povres conseillier.
Peres estoit par dignité
Et freres par humilité :
Les siens traitoit comme dous [12] peres;
Tous les amoit comme ses freres;
Bien demonstroit apertement
K'ensamble avoit entierement
Et paternel afflictïon
Et fraternel dilectïon;
Main archevesque et Vesque sont,
Qui les grans seigneuries ont,
Et maint prelat d'autre maniere,
Que lues qu'il sont mis en caiere,
Des grans suites aveuc aus veulent,
Auques gregneurs k'anchois ne seulent [13],
Clers, chevaliers, oiseleours,
Lors menestreus, lor jongleours,

---

[1] *Pessima.*
[2] Moi.
[3] Lui.
[4] Reçu.
[5] *Cathedra*, siége. Caiele, en patois picard.
[6] De l'amour charnel dangereux.
[7] Purifier.
[8] Les mots, en pure les manches, se disent en picard pour, *à bras nus.*
[9] Le silice.
[10] Ordonné, sacré, *ordinatus.*
[11] Patrimoine.
[12] *Suavis.*
[13] Une plus grande suite qu'ils n'eurent jamais.

D'or et d'argent pos et paieles [1];
Bachins, hanas [2] et escuieles;
Et de chevaus les soissantaines
Aimment-il miex que les trentaines;
De che n'avoit li sains hom cure,
Mais par raison et par mesure
Voloit conduire son afaire,
Et tant seulement necessaire,
Et souffissant maisnie [3] avoit,
Car che tieng-je à grant savoir,
Qu'il humlement se maintenoit,
Et que plus humles devenoit
De che que li pluiseur s'orguellent,
Qui entour aus grans gens aquellent,
Et la note delatïon [4]
Aquerent en prelatïon [5];
Mais chest usage sivoit
Que les hantises [6] eskivoit
De toutes gens sans differense,
Par le los de sa conscïence;
Li delitoit la compaignie
Des povres gens toute sa vie.
Ains neis ·I· point ne s'orguelli
Ne plus grant fierté n'en quelli
Li dous sains pour sa dignité.
Chele méisme carité,
Que d'arriere avoit maintenue,
Maintin la povre gent menue [7];
Et les souffraiteus soustenoit
Et de jor en jor se penoit
De miex en miex d'aumosnes faire;
De che ne vaut sen cuer retraire,
Et chiés, et piés et mains lavoit,
A ·XII· povres qu'il avoit,
Cascun jour atiréement,
Et menjoient communement,
Il, aveuc aus à une table.
Ceste coustume iert bien estable;
Ja ne laissast pour la dousaine,
Qu'il ne donnast del sien demaine,
A moutes gens grans benefisses
Bien le contechoit li offises [8]
D'aumosner, et bien li plaisoit,
Car tous les biens que il faisoit
N'est nus qui les péust escrire;
Par verité vous os bien dire,
Onques ne vi che avenir
Que nus péust si maintenir
En ferm estat honniément
Li enterin proposement.
N'onques n'oï parler en Franche
Que de si grant perseveranche :
Fust nus hom qui che péust faire,
K'en ·I· point tournast son afaire,
Que nel canjast aucune fois,
Et devenist tieves [9] et frois;
Pour nule tribulatïon,
Pour nule persecutïon,
Ne pour nulé aucune aventure,
Sa pensée erst et nete et pure;
Ne ne refroida ne tievi,
Avant tous chaus que onques vi,
Col estendu tint droit son pere,
C'onques ne regarda arriere,
Droit le conduist sa vraie fois;
Che qu'il proposa une fois,
Maintint tous jours, rien n'en demist,
Et che que Dieu piecha [10] proumist,
Et qu'il voua premierement,
Rendi sans amenuisement;
Onques pour besoigne mondaine
Ne passa jours de la semaine

---

[1] Poêles.
[2] Hanaps. Vases pour boire.
[3] Suite.
[4] Abandon.
[5] Prélature.
[6] Fréquentations.
[7] On dit le menu peuple.
[8] Touchait son devoir.
[9] Tiède.
[10] Dès longtemps.

Que tout le jour ne despendist
En bonne euvre, et sen veu rendist.
Bien parfina et saintement,
Li sains, sen saint commenchement.

XL

Il aloit par l'eveskie et préechoit, et desiroit à estre martiriés.

Il parcourait l'évêché, et priait, et désirait d'être martyrisé.

—

Quant li sains hom ot entreprise,
Par le conseil de sainte Eglise,
L'episcopal prelatïon,
Lues après sans dilatïon,
Ala semant de vile en vile
La dotrine del Evangile,
Et s'evesquïé [1] visita;
Mout travilla et l'abita,
A la simple gent dotriner,
Et à foi vraie acheminer.
En foi trouva bien entroduite
La gent nostrée [2] et bien estruite,
La contrée Vermendisiene
Et la chité Noïemisiene;
Encontre che premierement
Rechurent deputairement [3]
Lui et sa predication
Et sa sainte exortation,
Flamenc et Andowerpien,
Li Frison et li Brabenchien,
Et une autre gent barbarine
Qui habitoit sour la marine,
Et la gens qui outre manoit
Bien loins là où terre finoit;
Tout chil onques oï n'avoient
Parler de Dieu ne ne savoient,
Que Diex fust, et pour che que crent
Tant bestiaus gens refuserent
De cuer felon comme gent foles;
Le saint et ses saintes paroles;
Mais nequeedent [4] tant préecha,
Qu'il en la fin les adrecha [5],
Sagement, petit et petit,
Par la grasse Saint Esperit,
A la sainte foi crestienne,
Et retraist de la loi paienne,
Et de lor vaine idolatrie;
Et si que la très grant partie
De cel pule rude et sauvage,
De boin cuer et d'umle courage,
Se fu viers Diu humiliié,
Et en sacrés fons batisié;
Il sembloit bien que proprement
Eust Dius fait apertement
Du chiel aparoir sa lumiere,
Ou del solel naistre raiere,
Dont si tost fust enluminée
Chele tenebreuse contrée;
Et si fist-il, pour voir, sans doute,
Car chil qui ne véoient goute,
Pour che k'en tenebres gisoient
D'ignoranche, et qu'il desirroient
Le saint homme colafisier [6],
Ou pieche à pieche depechier,
Ains qu'il fussent crestienné,
Tantost com il furent rené [7]

---

[1] Son évêché.

[2] *Nostram gentem.* Cette expression du poète n'indique-t-elle pas que Noyon était son pays natal ou le lieu de son séjour?

[3] Fort mal.

[4] Néanmoins.

[5] Les mit dans le droit chemin.

[6] Souffleta, *de colapho.*

[7] De *renasci.*

En saint baptesme, il entendirent
Leur fol erreur, et quant il virrent
Le saint homme tant debonnaire,
Tant paisible et de douch afaire,
Il orent citer et volenté,
Et tout furent entalenté
De sivir la sainte innocense,
L'umilité, la passiense
Et la grant deboinaireté
Du saint homme et la pieté.
Diex quantes fois pour préëchier
La foi vraie et pour adrechier
Mescréans à vraie créanche,
Fu de sa vie en grant balanche,
Et ot sa mort aparellié
Volentiers l'éust enbrachié,
Et rechute selonc l'istoire
De cuer joiant s'en che tempoire
Fust tant de persecutïon :
Seulement en l'entencïon
D'estre martirs se combatoit,
Par la foi et contrebatoit
Les perverses abusïons
Des barbarimes natïons;
Ja soit [1] che qu'estre ne péust
Que le martire recheust,
Car il n'en est tans ne saisons,
Pour che se dist drois et raisons,
Ne del martire le victoire,
Ne del martir perdi la gloire;
D'une cose me poés croire,
Que se il fust en che tempoire,
Que ou Nero ou Datiens [2],
Ou il fel Diocletiens,
Qui les martirs martirioient
Et sainte Eglise guerrioient,
A martire se pour offrist
De gré et volentiers souffrist
Tous les maus c'on li péust faire;
Car bien li fuissent necessaire
A conquerre non [3] de martir;
Se del monde péust partir
Par chele tribulatïon;
Mais puisque par effusïon
De sanc ne pot avoir martire,
Séurement le vous puis dire,
Lui méisme martiria;
Tous à Dieu se sacrefia,
En jéunes continuens
Et en velles assiduens,
En pleurs et en contritions
De cuer et en compunctions;
Che li fu pour grief passion,
Qu'il ot pée [4] et compassion
De sen proisme [5], et que sen éage
Tout despendi en saint usage,
Que [6] Diu ama, que Diu siervi,
En tel maniere deservi
Li sains en sa vie jadis
La grant joie de paradis.

XLI

Il fonda une abeïe de nonnains dedans la cité de Noion.

Il fonda une abbaye de nonnes dans la ville de Noyon.

—

Quant li sains hom, en tel maniere
Con vous aves oï arriere,

---

[1] Quoique.
[2] Dace, Néron, persécuteurs des chrétiens.
[3] *Nomen*, le nom.
[4] Pitié.
[5] *Proximus*, prochain.
[6] Car.

Ot convertis les mescréans,
Et à Noion fu reséans,
Dedens la chité de Noion
Fonda par grant devotïon
Une abéie de pucheles;
Laiens ot mout de damoiseles;
Il l'ot enjouint [1] d'estroite vie:
Il aourna bien l'abéie
D'offechines et de maisons
Et de riches possessïons;
Bien les pourvi de toute riens,
Qu'il convenoit avoir laiens.
Moutes autres grans abéies
Qui par lui furent establies,
Et que si deciple estorerent,
Par mout de lius en Franche aperent [2];
Car si comme es livres lisommes [3],
Il ot desciples si preudommes,
Que li pluisour Glises fonderent,
Et li aucun d'aus gouvernerent,
Moustiers de grant religïon.
Aucun eurent prelatïon
Et porterent croches [4] et mitres,
Vesque et seigneur de mout capitres.
Puis qu'il me siet et il me plaist,
Il ne me caut se il desplaist
As felons qui j'ai maintes fois
Dit que mesires sains Eloys
Boinne grasse ot vers Dieu trouvée,
Tant ot l'amour Dieu esprouvée,
Que mout cors sains qui mort re- [churent,]
Pour Jhesucrist, et muchié [5] furent,
Et repuns par si lonc tempoire,
Que d'aus n'estoit nule memoire,
Ne li pules onques n'avoit
D'aus riens oï, ne ne savoit
K'il eussent onques esté,
Par lui furent manifesté;
Tant fist par s'inquisitïon,
Tant quist par grant devotïon,
Que il trouva le saint tresor
Mout miex vallant d'argent et d'or,
Et dont il ert plus curieus,
Les cors des martirs precieus
Li païsant devant son tans
Ains qu'il fust nés plus de ·C· ans,
Mous cors sains en mous lius que- [roient,]
Et en pluisours lius houneroient
Les boines gens li dieu amis,
Où il n'ierent posé ne mis,
Ne quiderent ne nus par verté
Tant fust de vielle antiquité,
N'avoit apris certainement
Se fu par lui ou proprement
Fussent li cors saint enterré
Ne mis en sauf ne enserré;
Mais lors k'à l'evesquié vint
Li sains hom, et que il devint
Prestres curés de sainte Eglise,
Si comme la letre devise,
Mous cors sains de terre leva,
A grant paine que il trouva
Le saint martir Vermendisien,
Saint Quentin, et briement [6] et bien
Veul, se je puis dire, comment
Li sains trouva son monument.

---

[1] Enjoignit.
[2] Apparaissent.
[3] Lisons-nous.
[4] Crosses.
[5] Cachés, mot conservé dans le patois picard. De *mus*, souris.
[6] *Breviter*.

XLII

Maurins se vanta qu'il trouveroit S. Quentin, et par che li vier li sachierent l'ame hors du corps.

Maurin se vanta qu'il trouverait saint Quentin, et pour cela les vers lui tirèrent l'âme hors du corps.

—

Lonc tans ains que li benéois
Patrons mesires sains Eloys
Fust de chest liu prestres curés
Estoit ·I· hom desmesurés
Et outrageus à desmesure;
Maurin l'apele l'Escriture.
Ses abis poi delicieus
Monstroit qu'il iert religieus,
Canteres [1] iert autorisiés,
Et el palais le roi prisiés.
De che plus orgilleus devint,
Et en son cuer nasqui et vint
Orgeus [2] de fort outrequidanche,
Et vaine gloire et arroganche;
Si comme puis certefia
L'eure et le jour qu'il devia.
Il se vanta trop folement
Que il querroit hardiement
Et trouveroit le cors saintisme
Saint Quentin par son cors méisme;
Mais Diex, qui point n'aime benban-
[che [3],]
Desclaira tost s'outrequidanche [4],
Et s'arroganche humilia:
Et en la foi notefia
Le sainte merite et la foi
Du boin confessor saint Eloy.
Lues que Maurins l'uevre entreprist,
Et en sa main le hanel [5] prist,
Et il commença à crener [6]
La terre, et du henel hener [7],
A ses ·II· mains ahierst [8] le manche
Du haniel en seneflanche
Que Diex faisoit de lui justiche,
L'uevre qu'il avoit entreprise
Laissa li faus en tel maniere :
Lendemain vit grant fourmiere [9]
De vers qui des mains li sourjoient [10]
Et de toutes pars le menjoient,
Par tel dolour, par tel haschié [11]
Fu de son cors l'ame sachié.
Lors fu toute cele contrée
De che fait si espoentée
Que nus, tant fust haute personne,
De sainte vie, nete et bonne,
Ni osa puis·neis le doit [12] tendre,
A si haute cose entreprendre,
Fors le saint homme seulement,
Qui l'entreprist plus humlement.

—

[1] Chantre.
[2] Orgueil.
[3] Bombance.
[4] Ambiguité.
[5] Hoyau.
[6] Entailler.
[7] Et piochant avec le hoyau.
[8] Empoigne.
[9] Fourmillière.
[10] Sortaient. Source, *sourjon*, en patois picard.
[11] *De ascià.*
[12] Le doigt.

XLIII

Chi fu trouvés sains Quentin, et le mist sains Eloys dedens l'Eglise de Saint-Quentin.

Le corps de saint Quentin fut trouvé, et saint Eloy le mit dans l'église de Saint-Quentin.

—

Lors après s'ordinatïon
Ot en grant veneratïon
Ce lieu, et là fu ses repaires
Souvent, car li liex n'estoit gaires
Loins de Vermans qui ert cités,
Si comme dist la verités
Des livraires, viés et antius [1];
Deseur Vermans estoit li lius
Droit el mont et la sepulture
Où jadis ot par mout grant cure [2]
Dame Eusebe, fu sepulturé
Le saint martir, quant l'ot trouvé
Et trait hors del iaue de Somme.
Ne dechevoit [3] pas le saint homme
S'esperanche et s'ententïons
Ne sa sainte devotïons;
Bien le moustroit sa conscïence,
Et il très bien en audïenche
A tous les païsans disoit
Que li martirs pas ne gisoit
Là où il ert dans hounerés,
Anchois estoit sepulturés
Outre che liu ·I· poi avant,
Tout droit deviers solel levant.
Quant li sains hom ot longement
Prolongié son proposement,
Si que tous tans le conviounoient [4],
Ichil [5] qui à che tans estoient,
Que il séurement quesist
Le martir, et paine et mesist [6],
Car sans faille il le trouveroit,
S'ententivément [7] le queroit,
Et par grant inquisitïon,
Et o [8] pure devotïon.
Il commencha lors à cerchier
Toute l'Eglise, et pourcauchier
De chief en chief le pavement,
Il méismes devotement
Le lieu de nuit et jour ala,
Et sus et jus, et chà [9] et là,
Pour savoir se par aventure
Trouvast le sainte sepulture.
Ensi avint k'à chele fois
Ne pot mesires sains Eloys
Trouver apparanche ne trache
Du saint tombel en chele plache.
Si compaignon qui o lui ierent,
De presumption l'arguerent [10],
Car paour grant de lui avoient,
Et Maurin li ramentevoient [11]
Qui, jadis, par sa grant posnée [12],
Et par s'orgelleuse pensée,
Vaut entreprendre tel afaire
Qui li tourna tost à contraire,
Car sa fins en fu dolereuse
Et sa mors laide et perilleuse.

---

[1] *Antiqui.*
[2] Soins, *cura.*
[3] Perdait.
[4] *Invitabant.*
[5] *Illi*, ceux.
[6] Et se mit en peine.
[7] *Si attenté.*
[8] Avec.
[9] Çà.
[10] L'accusèrent.
[11] Rappelaient, se dit en patois picard.
[12] Pompe, étalage.

Tout entendi, tout escouta,
De nule rien ne se douta,
Tant iert ferme et vraie sa fois
En Jhesucrist, que moutes fois
Créoit très bien que entresait [1],
Estoit ja acompli et fait
Che qu'il entreprendoit à faire.
Dieu sentoit à si debonnaire
K'à lui parloit autresi bien,
Comme à ·I· segneur terrien,
Et bien créoit par verité
Que Diex, par sa benignité,
A acomplir li aideroit
Le proposement qu'il avoit.
De com plus le desconfortoient
Li pluiseur et desenortoient [2],
Li sains de tant plus refuioit [3].
A Dieu en qui il se fioit,
De cuer gemant [4] d'iex larmoiant.
Disoit en haut, le puile oiant [5] :
Diex! qui [6] ne puet estre celée
Riens, tant perfont [7] soit scelée.
Tu [8], qui connois et cuer et cors,
Qui l'omme vois et ens et hors,
Et qui ses [9] men proposement;
Je fais ·I· veu et fermement,
Le poursuivrai sans repentir,
Que, se tu ne veus consentir
Que chest martir à mes iex voie,
Qui ne prisa toute la joie
De chest monde ne les richoises [10],
Le pris de ·II· povres pugoises;
Mais pour t'amour son cors offri
A grief martire qu'il souffri;
S'enviers [11] moi n'iert tant deboinaires
Diex, que chest cors saint me desclaires,
Si que je le voie à delivre [12],
Jamais nul jour que j'aie à vivre,
Chel pule ne gouvernerai,
Ne de chi Vesques ne serai
Ja soit che que dignes n'en soie;
N'est pas drois que la gens revoie
Ne que jamais jour de ma vie
Soie entre humaine compagnie.
Cheste contrée guerpirai [13],
Et en essil [14] mous loins irai,
En des rubans [15] mous loins irai,
Mourrai entre bestes sauvages.
Bien est drois que de mort despite [16]
Muire [17] en desers, où hom n'abite.
Quant li sains ot dit son plaisir [18],
Le heve [19] ala mout tost saisir,
Si le reprist et fist reprendre
Ses compaignons sans plus atendre,
A l'euvre qu'il eut embrachié [20];
Car il avoit bien atachié
A Dieu Jhesucrist s'esperanche,
Et apoié [21] Dieu sa créanche.
Mais quant il vit ses ajutoires [22],
Qui des hauiaus et des fossoires [23]

---

[1] *Intereà.*
[2] Demandaient, négation de *hortari.*
[3] Se réfugiait.
[4] Gémissent.
[5] A la vue du peuple.
[6] A qui.
[7] Profond.
[8] Toi.
[9] *Scis*, sais.
[10] Richesses.
[11] Si envers.
[12] Sans peine.
[13] On dit actuellement déguerpir.
[14] Exil.
[15] Lieux incultent où les ronces abondent.
[16] Cruelle.
[17] *Memoriar.*
[18] *Secundum volva latem.*
[19] La houe.
[20] Entreprise de ses bras.
[21] Appuyé.
[22] *Adjutores*, aides.
[23] De leur bêches et pioches.

Par l'Eglise en tous sens fuioient [1],
Et par che que riens ne trouvoient,
Mas [2] et confus et esbahis,
Car à aus tous iert bien avis,
Qu'il perdoient toute lor paine;
Il, qui avoit pensée saine,
Mout douchement les assena [3]
Droit à ·I· lieu les achena [4]
Où nus garde ne se presist [5]
Que li cors du martir gesist;
Outre le chevés [6] de l'Eglise,
Lors commanda que sans faintise [7]
Fouissent là, et il si firrent;
A son commandement fouissent
Ou liu que il lor ot loé.
Quant bien parfont orent hoé [8],
Dis piés [9] ou plus, lors s'effréerent
De rechief, se desespererent;
Entr'aus disent qu'en vain queroient
Le saint, car ja nel trouveroient.
Quant la tierche nuis fu moié,
Et cantée ot et saumoié [10]
Li sains sa nocturnel vegille,
Lors li souvint del evangille,
Qui dist de son boin cuer: Querés [11],
Sachiés de fi, vous trouverés.
Entour lui fist grant clarté faire
Et alumer grant luminaire;
Il mist jus [12] sen affublement,
Le henel prist, et doublement
En chel ouvrage laboura,
De bras leva, de cuer oura;
Pour bien fouir, se rebracha [13]
Et asprement l'euvre embracha,
Car devotïons qui estoit
Sa maistresse l'amonestoit
De bien ouvrer en chel ouvrage.
Ele et vraie fois [14] sa compaigne
Ches ·II· dames bien l'enroijerent [15]
En bonne foi et l'avoierent [16]
A che trouver que il queroit,
Car point ne se desesperoit.
Il eskiva la parfondeche [17]
Du grant cavain [18] et fist s'adreche [19]
Par deviers diestre [20] en la costiere [21]
Il busca [22] tant à la masiere [23]
De la heuve [24] qu'il le trouva,
La tombe au saint martir trouva;
Et quant li sains hom sagement
Vit aparut le monument,
Lies [25] fu et de très grant desir
Que il ot du cors saint véïr,
Du henel qu'il tient en sa main
Feri le tombe tout à plain,
Que vil le percha en la costiere.
Lors en oissi si grans lumiere

---

1 Fouisaient.
2 Triste.
3 Plaça.
4 Même expression.
5 N'avait pris garde.
6 Chevet.
7 Relâche.
8 Travaillé à la houe.
9 Pieds.
10 Psalmodié.
11 *Querite*, cherchez.
12 A bas.
13 Mit à nu ses bras.
14 *Fides*.
15 Le mirent sur la voie.
16 Répétition. Route et bonne voie.
17 La profondeur.
18 *Cavea*. Le mot cavain est usité dans le patois picard.
19 Il s'adressa à la portière.
20 Vers la droite.
21 Près du bord.
22 Il bucha. Mot conservé dans le langage familier. Frapper, travailler rigoureusement.
23 Muraille, maçonnerie.
24 Houe.
25 *Lætus*.

Et uns flairs de tant douche oudour;
Et quant il senti sa douchour
De che boin flair qu'il odoroit,
Et la clartés qui là feroit [1]
Emmi le vis, si qu'il ains onques
Ne pot sour ses piés estre donques [2].
Mout cler faisoit iluec entour,
Car la lumiere et resplendour,
Qui del tombel fors s'esperi
Au grant caup [3] que li sains feri,
Une si grant clarté rendi,
Et la clartés tant s'estendi,
Que chil qui là present estoient,
Et à lor iex tout che véoient,
Les iex avoient esbleuis [4],
Et grans partie del païs
Fu à chele eure enluminée,
Et en clarté de jour muée;
Chil qui à chele eure velloient,
Et qui l'ocoison ne savoient
De chele nouvele aventure,
Devinoient par conjointure [5]
C'auscuns signes du chiel venoit,
Qui à chele eure enluminoient
Presque toute cele contrée.
Ja iert la mie nuis [6] passée,
Et chele nuis ert anieuse,
Laide et oscure et tenebreuse.
Quant la clere lumiere vint,
Dont cele nuis clere devint.
Lors de rechief a tenebri
Quant la clartés s'esvanüi.

Lies fu mesires sains Eloys,
Si comme fu raisons et drois,
Quant le cors saint ot deffoui,
Mout le baisa et conjoï,
De piée [7] et de joie ploura;
A genoullons briement oura,
De parfonde terre leva
Le cors saint et lues ensevra,
Des reliques, que miex li pleurent,
Et qui, puis, mout grant mestier eurent [8]
As enfers [9] et as langereus.
Des dens, ne sai ou ·III· ou ·II·,
Fors de la bouche li sacha.
Tantost comme il les esracha,
De la rachine issi sans doute
De sanc vermel une grant goute.
O le saint cors trouva les cleus
Dont li tirans, plus fol que leus [10],
Fist le martir martirier.
Et parmi le cors clofichier [11],
Le chef, le pis, les piés, les mains;
Ches méismes cleus prist li sains,
Et les cheveus qui mout bel furent,
Qui au saint chief du martir crurent.
Quant li sains ot à sa devise
Sa part du saintuaire prise,
Tous revestus d'aube et d'amit,
Envelopa d'un chier samit
Le saint martir, et par grant cure
Le fist honneste sepulture
Près de l'autel el presbitere.
Selonc che que de ma matere

---

[1] *Feriebat*, frappait.

[2] *Tunc*.

[3] Coup.

[4] Le mot éblouir se prononce ébleuir en patois picard.

[5] Conjecture.

[6] *Mediâ nocte*.

[7] Piété.

[8] Rendirent de grands services.

[9] Infirmes.

[10] Clous. On dit en patois picard un cleu, un leup.

« Et ce dicton picard alentour fut écrit
» Biaux chires leups, n'écoutez mie
» Mère tenchant chen fieux qui crie. »

Fable de La Fontaine : *Le Loup, la Mère et l'Enfant*.

[11] Percé de clous.

Me ramentoit li vrais recors.
Li sains confes posa le cors
Encoste une maistre columbe[1],
Sour le martir mist une tombe
D'or et d'argent bien achesmée[2],
Et de chieres gemmes[3] gemmée;
Il fist presque toute nouvele
L'Eglise, et plus grant et plus bele;
Mout i ouvra de noble ouvrage,
Pour che que trop estoit ombrage
Et trop petite li sambloit
Au pule qui là s'asambloit.
En mains lius et en maintes Glises
Mist les reliques qu'il ot prises,
Et sevrées del saint martir.
Là où li pleut à departir
Daigna Dius, et puis vaut par eles
Faire maintes miracles beles
Dont je me tais, car ceste istoire
Ne fait d'eles nule memoire.

XLIV

Il trouva saint Crespin et saint Crespinyen, et mist en fertre.

Il trouva saint Crépin et saint Crépinien, et les mit dans une châsse.

—

Quant sen desir ot achiévé,
Li sains de che qu'il ot levé
Mon seigneur saint Quentin de terre,
Et l'ot posé el presbitere;
Si comme vous avez oï,
De saint Piat parler oï,
Que nus poür voir dire n'osoit
En quel lieu ses cors reposoit,
Li sains en Mielentois[4] ala
Droit à Seclin, tant cerka là,
Tout à diestre et à seniestre,
Tant pourcacha le lieu et li estre[5],
Quist[6] fus et jus et cha et la,
Tant que Jhesucris l'assena,
Par sa douchour, à lui méisme,
Où il trouva le cors saintisme
Du glorieus martir enclos,
Et de lons cleus agus et gros
Et clofichié et espée
Dont li Sarrasin desrée[7]
Pour le nom Dieu le clofichierent
El tant qu'il le martirierent.
Hors de son cors les cleus osta
Et au pule les demonstra,
Pour che que Dieu en aourassent
Et le martir plus hounerassent;
Et puis le cors saint Piaton
Envolepa d'un singlaton[8]
Et en ·I· bel escrin le mist;
Il qui mout bien s'en entremist,
Et mist sur lui ·I· sarcofage
Bel et riche et de noble ouvrage.
Pour che à Soissons la cité,
Selonc la boine verité,
De ·II· frères qui martir furent,
El martir à Soissons rechurent,
Jadis el tempoire anchien,
Saint Crespin et saint Crespinien,

---

[1] Colonne.
[2] Ornée.
[3] Perles, pierres précieuses.
[4] *Pagus Medenatensis* : le Méluntois, contrée voisine de Lille.
[5] Le mot estre s'emploie encore pour désigner les différentes pièces d'une maison.
[6] *Quesivit.*
[7] *Iratis.*
[8] Etoffe précieuse.

Les cors hors d'une crouste[1] osta,
Et l'un d'ales[2] l'autre acosta
Et mist en ·II· fertres mout beles
Nule ne s'aparelle à eles.

XLV

Il trouva saint Lucien de Biauvais.

Il trouva saint Lucien de Beauvais.

—

Je n'oubli pas saint Lucien;
Compains[3] fu le Vermendisien
Saint Quentin, dont j'ai fait memoire,
Andoi ensamble en ·I· tempoire,
Murent[4] de Romme, et tant alerent
Préêchant, que il s'avalerent
En Franche où, je briement weil dire,
Rechurent glorieus martire
Par le cruauté des païens;
A Biauvais iert sains Luciens;
Mesires saints Elois trouva
Son cors, et bien le tasouna[5]
En ·I· tant riche monument.
Sour lui mist un bel tegument,
Que chil disent qui l'euvre virent,
K'ainc de milleur parler n'oïrent.
De mout cors sains de haut afaire,
Mist li sains hom le saintuaire;
Par mout païs, par moutes terres,
En fiertres et en philatieres,
Langemains[6], parchemins et chire,
Fauroient[7] ains c'on peust dire,
N'escrire ses fais, ne ses dis,
Se il pooit vivre tous dis,
Ne porroit uns boins clers retraire[8]
Comment il de cuer deboinaire,
Les reliques et les memoires
Des sains et les saintes estoires
Ama, hounera et chieri,
Et quanqu'il pot asegnouri[9].

XLVI

Il converti les Amverpiens et fist devenir boins Crestyens.

Il convertit les Anversois et les fit devenir bons chrétiens.

—

Estre[10] tout che que dit avonmes,
Par la vraie estoire savonmes
Del glorieus confes Eloy,
Qui tant amoit le sainte loi,
Mout le voloit monteplier,
Et avanchier et essauchier,
Adès à bien faire vella,
Et pour la foi mout travella.
Et en Flandres méismement,
Et en Newers[11] mout doucement;
Converti les Anwerpiens
Et fist devenir crestiens;

---

[1] Crypte. En Picardie on nomme un souterrain une *creute*.
[2] Près de.
[3] Compagnon.
[4] *Incoverunt*, partirent.
[5] Le mit dans un beau suaire de *tasel*, pièce carrée d'étoffe.
[6] Langoiemens, paroles.
[7] Manqueraient.
[8] Raconter.
[9] Combla de distinction.
[10] Outre.
[11] Anvers.

Et abati par sa vallanche
De la sarrasine créanche,
Et par sa juste autorité.
Temples de grants antiquité,
Delubres [1] et mahommeries,
Et diverses ydolatries,
Dilapida [2], confrainst, destruist,
Et en lor lius glises estruist.
Savoir poés que sans grant paine
Ne pot-il faire gent humaine
De gent sauvage et bestial;
Oés del saint offisial:
Ja soit che que humainement
Et bien religieusement,
Par grant entente et par grant cure,
Et par douchour, et par mesure,
Assés luitast, assés penast,
Quant vraie créanche amenast
La gent sauvage et barbarine,
La fiere [3] et la leopardine,
Nequedent [4] chil pules engres [5],
Plus fel que leus, plus durs que fers
Et le saint homme laidenjoit,
Et le nom Jhesu blastemoit;
Les oreilles tout estoupoient [6]
Et sour le saint escopissoient [7];
Mais il, de tant plus patiens,
Humles, dous et compatiens,
Ne vaut lassier [8] pour lor malisse,
Qu'il ne fesist le vrai offisse.
Nostre segneur prioit pour aus
Qu'il les daignast faire loiaus.
Quant li dous sires saint Eloys
Cerchoit les sauvages vilois,
Cités, castiaus, viles et bours,
Et il trouvoit viles et bours
Les barbarins qui ne créoient;
En Dieu nonques oï n'avoient,
Oï parler mout douchement
Et assés affaïtiement
Par paroles vives et sages
Se penoit, que leur durs courages
Péust vers Dieu humelier
Et leur orguel jus abaissier,
Que boin crestien devenissent
Et vraiement en Dieu créissent,
Et tant vausissent esploitier,
Que Diex les vausist entoitier [9]
En la joie de paradis
Que Lucifer perdi jadis;
Il prééchoit pais et concorde
A chaus qui amoient descorde,
As orguelleus humilité,
Et as mensoigneus verité,
As luxurieus continenche,
Et as pechéours penitenche,
Patienche en aversité
Et mesure en prosperité;
Et ensegnoit aler à Glise
Trestous ensamble au saint servise;
Glises fonder, ausmosnes faire,
De tous pechiés lor cuers retraire,
Dieu apeler, Dieu reclamer,
Tous maus haïr, tous biens amer,
Parfaitement et sans faintise,
Dieu hounerer et sainte Eglise.
Nus hom ne puet perdre sa paine
Qui pour Dieu se travaille et paine.

---

[1] Idoles.
[2] Démolit, *lapides evertit.*
[3] *Ferax.*
[4] Néanmoins, *nequandò.*
[5] Excommunié.
[6] Bouchaient, expression figurée. On se servait autrefois d'étoupes pour boucher les amphores.
[7] Crachaient, de *scopace.*
[8] *Taxare*, se relâcher.
[9] *Sub tecto, recipere.*

Non fist li sains qui préécha,
Tant que chele gens adrecha
A la crestiene créanche;
La mains Dieu fist chele muanche[1],
En blé mua le gargerie[2],
Quant ichele gent, en ermie[3],
Sauvage et fiere, fist privée
Et arrousa de sa rousée,
Si k'en vraie foi ravesqui[4],
Si comme d'un camp en reski[5],
Et sec fust née grant braaille[6],
Plaine de graim à poi de paille.
Tout devinrent boin crestien,
Et tout leur usage anchien
Pour le nouvel geterent puer[7],
Devotement et de boin cuer :
Veissiés lors à repentanche
Venir chiaus qui, par ignoranche,
Erent meffait de fait, de dit;
Lors veissiés sans contredit
Donner aumosnes, fonder glises,
As siers[8] rendre lor vis franchises,
Tous maus et tous pechiés lassier,
Et tous à bien faire eslassier[9],
Et sivir les commandemens
Du saint et ses ensegnemens,
Et Diex, quant pule et quantes gens,
Qui par ses sermons biaus et gens[10]
Retraist li sains d'ydolatrie,
Furent à la sainte partie,
Dieu Jesucrist à compaignie,
Mout d'iaus sage et bien ensegnie,
Qui l'essample le saint sivirent,
Et de bien faire espris fuirent
Toutes les mondaines delisses,
Et pour espanir[11] lor grans vises,
Vestéures monniaus prisent,
Et en religion se misent,
E[12] Diex. Quantes pucheles sages,
Qui refuserent mariages,
Et le siecle orent en despit,
Pur le los du Saint Esperit,
Vouerent caesté et tinrent
Bien lor veu, et nonnes devinrent,
Et servirent Dieu sans faintise,
Tout lor ae[13] en sainte glise.
Cascun an peuïssiés véir
Les grans tourbes de gens venir,
A la grant pasque à sainte eglise,
Que partout l'an avoit aquise.
Il, de ses mains les baptisoit
Et au diable ravissoit,
Et rachoit fors de ses joes[14],
Et li toloit d'entre les poes[15],
Tous chaus qu'il en pooit extraire.
Il iert merchiers de haut afaire,
Tous prendroit à sa mercherie,
N'avoit soing que la bergerie
Dieu Jhesucrist fust gaste et wide,
Tout i traioit par sage estuide,

---

[1] Changement.
[2] Changea le guéret.
[3] Inculte.
[4] En friche.
[5] Récolte.
[6] *Pratellum.*
[7] *Foras.*
[8] Serfs.
[9] S'efforcer. Cette expression est figurée, et s'applique à un *eslai* que fait un chevalier qui se dispose à rompre une lance.
[10] Agréables. On emploie dans le même sens le mot gentil (un gentil minois, etc.).
[11] Se punir de.
[12] En.
[13] Age, vie.
[14] Joues.
[15] Griffes.

Jones et viex, hommes et femmes,
Et le sauveté de lor ames,
Lor prééchoit et ensegnoit,
Comme chil qui ne se faignoit
D'aus fors geter de chele trape
Dont li maufès les siens atrape,
Se là fussis-vous, véissiés,
Dont mout vous esmervillisiés
Entre les jouenes gens menues[1],
Homme viel et vielles kenues[2],
Qui à paines se soustenoient,
Au saint baptistere venoient,
Iluec erent tout baptisié,
Et rené, et pureflé,
Or! m'esmerveil que tu desisses,
Se tu adonc aucuns véisses,
Qui se sentoient entechié,
De viés et de mortel pechié,
Et des iex de lor chiés plouroient,
Et à confession venoient;
Le fais et le paine en portoit;
Mout douchement les confortoit
Et lor donnoit tel medechine
Que deseur aus neis[3] la rachine
D'un seul pechié n'i remanoit.
Si entierement le savoit,
Que monde[4] et net s'en racouroient,
En Jhesucrist, en aouroient.
K'en diroie plus longement,
On véoit bien apertement
Que la grasse Dieu habitoit
En lui, par quoi il encitoit[5]
Et atraioit diviers courages
A lui servir, et ses usages.

XLVII

Li diable issirent hors du cors à ·I· homme ou il avoient esté lonc tans.

Les diables sortirent du corps d'un enfant où ils étaient restés longtemps.

—

Del saint confes n'est mie doute
Que mout ne fust sa vie toute
Religieuse et nete et pure,
Et sans vilaine mespresure,
Et que mout de biens ne fesist;
Mais entre tous les biens qu'il fist.
Et qui ierent en sa persoune,
Diex, qui toutes les grasses donne,
Enlumina tout son afaire,
Grasse et pooir de vertus faire
Li otroia, dont il avint,
K'en ·I· tempoire aler convint
Pour une cause le saint homme,
En la provinche que on nomme
Prouvenche[6] en son propre vocable.
Il qui n'ot soing de conter fable,
Ne fausse vaine mélodie,
Mais versillier le saumodie.
Par Prouvenche ·j· jour chevauchoit,
Mout bele gent o lui menoit,
E: vous[7] uns hons plains d'anemi[8],
Vint encontre le Dieu ami[9].
Tantost comme il vit le saint homme,
Samblant fist qu'il fust en la somme,
Ferus d'une grosse machue,
De la paour qu'il ot eue,

---

[1] *Minutus*, faible.
[2] Vieillards décrépits.
[3] Pas même.
[4] *Munetus*, net.
[5] Exciter.
[6] Provence.
[7] *Eccé*, voici.
[8] Possédé du diable (l'ennemi du genre humain).
[9] L'ami de Dieu.

Ot noir et taint tout le visage,
Et à loi de beste sauvage,
Qui on ravist sa noureture,
Escuma chil de grant ardure,
Et dist : Eloy ! k'ies tu chi quis,
Pour qu'es venus en chest païs?
Lors respondi li Dieu amis :
A toi k'en tient fel anemis,
Je te di que tu amenuises,
El non Jhesucrist et fors isses,
De che cors où tu gis et mains [1].
Li sains ne dist ne plus ne mains.
Li dyables isnelement,
L'omme argua [2] tant asprement,
Car mout li tournoit à grant rage,
Que il guerpissoit l'iretage
Où il avoit ·XV· ans esté.
Quant chel hom ot tant tempesté,
Com il li plut, il issi fors,
Et quant il ot guerpi le cors,
Et par ·XV· ans fu mestraitiés,
Sús se drecha sains et haitiés [3]
Par le saint homme en tel maniere
Ot li enfers [4] santé entiere.

XLVIII

Li dyables estoit entrés dedes le cors à une femme, et au commandement saint Eloy, il issi hors.

Le diable était entré dans le corps d'une femme, et au commandement de saint Eloy il sortit dehors.

—

Li sains Confes tant chemina
Le droit chemin, qu'il assena
A une vile là devant
Droit deseur le Rosne seant,
Ampule [5] le nomme la letre,
Je ne li sai autre non metre.
En la vile une femme estoit
Que li diables tempestoit,
Qui dedens li s'ert encroutés [6] ;
Fors ne pooit estre boutés.
Li sains Confes vit une Eglise
Qui près du chemin fu assise ;
Laiens entra, briement oura,
Laiens gaires ne demoura.
Quant il s'en repairoit arriere,
Es-vous la feme emmi [7] le piere,
Criant mout effréement,
Et par son droit non proprement
Nomma le saint à hautes vois :
Eloy, Eloy, bien ·XII· fois.
Il l'esgarda, et si le vit
Plaine de maligne esperit ;

---

1 Tu demeures.
2 Injuria.
3 Content.
4 Infirme.
5 Aujourd'hui Ampuis, canton de Condrieu, arrondissement de Lyon (Rhône). L. de Montigny nomme ce lieu Ampuce.
6 Logé comme dans une caverne.
7 *In medio.*

Il ot pitié de sa misere,
A genoullons enclins vers terre,
Fist orison coie et privée;
Quant s'orison ot definée,
Il se tourna viers la chetive;
Oians tous dist parole vive:
Je te conjur, fel anemis,
Qui t'ies en chele femme mis,
De Diu le très tout puissant pere
Et de Jhesucrist qui sa mere
Fist de la Vierge et prist naissanche
De li, car tele est ma creanche,
Et del pooir Saint Esperit,
Que tu isses sans nul respit
Fors de chele habitacïon,
Où tu as fait ta mansïon.
Trop i as [1], mes n'i pues plus estre,
Va en chel lieu et en chel estre [2],
Là où hom ne feme n'abite.
Quant la parole ot li sains dite,
Li diables qui fu plains d'ire,
Plus que je ne porroie dire,
Estouna malostruement [3]
Le femme à terre, et longement [4]
Jut, tant que cascuns s'arestoit,
Que [5] là sans faille morte estoit.
Li fel qui laiens randissoit [6],
Car maugresien [7] d'iluec issoit,
Tant deschira laiens le cors
Qui des entrailles raidist [8] fors.
Li sans [9] par le bouche cheli,
Mas et confus oissi de li
A chel point qu'il s'en dut fuïr.
Fist entour lui tout l'air puïr.
Lors commanda li sains Confes
K'asise fust chele en sen ses [10].
D'iaue à poi d'yaue acompaignie
Qu'il ot benéoite et saignie,
Fist abeurer le dame lée [11],
Lors k'en son cors ot avalée
Chele poison, isnel le pas
Rechut la feme plaine respas
Par la sainte intercessïon
Du saint vesque Eloy de Noion.

XLIX

Il ensegna à son vallet ·I· canestre que uns lierres li avoit emblé et osté.

Il enseigna à son valet un vase qu'un voleur lui avait soustrait et emporté.

—

Ne doi pas metre en négligense,
Car quant li sains ot en Prouvenche
Fait plainement quanqu'il i quist,
Et ains que de là revenist,
Ses boins amis ot visités
Et les vesques par lor cités,
Talens [12] li prist de retourner,
Car plus ne vaut là sejourner.
Ne sai nommer ne chaus ne chaus.
Mais après tous les prouvinchiaus,
Vesques qui le saint ostelerent,
Et qui de lor biens l'ounererent.

---

1 Tu y es resté trop longtemps.
2 *Atrium.*
3 Renversa brutalement.
4 Tout de son long.
5 Sous entendu, pensent.
6 Se démenait.
7 Malgré lui, de son mauvais gré.
8 Sortit avec violence.
9 *Sanguis.*
10 Sur son séant.
11 Etendue, *lata.*
12 Désir.

Le herbeger Vriliens[1],
Qui iert vesques Usisiens[2],
Il le rechut à boine chiere ;
Che jour fu mout la cours pleniere,
Assés i ot mengié et but
Quant de la court partir se dut
Li sains hom, et vaut[3] congié prendre
Au Prouvenchel et grasses rendre
Del bel samblant et del hounour
K'en son ostel li fist chel jour,
Et li escuier enmaloient[4]
Les dras, et chà et là aloient
Li menistre[5] par le maison,
Car il avoient ocoison
D'aus atirer et d'aus monter,
Pour che l'entrepris à conter,
K'entrues[6] avint une aventure
Que uns serjans qui ot en cure
·I· camel[7] qui portoit la somme
Che[8] erent li coffre au saint homme,
Et d'un cavestre[9] le tenoit
Près de lui quant il le menoit,
Il ot desmané son cavestre,
Quist à diestre, quist à seniestre,
Et quist à destre et à senestre,
.... [10]
Et quist avant et quist arriere,
Et quist devant et quist derriere ;
Chele ocoisons le detenoit
Et malgré sien le convenoit[11]
Iluec targier et demourer.
Quant li sains hom le vit plourer,
Il l'apela secréement,
Se li monstra isnelement
L'omme pour voir[12] qui iert coupables
Du larechin qui est consentables[13].
Li sains hom qui ot franc le cuer,
N'ainc[14] ne consenti à nul fuer[15],
Que nus hom fust deffigurés,
Tant fust lerres desmesurés,
Pour que secourre le péust,
Au serjant dist que il se téust :
Va tost, dist-il, en chele roche,
Se li monstra une grant broche[16]
D'arbrissiaus sour le roche nés.
Se sages ies et bien senés,
Et querre les, quant là seras,
Entre les boissons trouveras
Che que tu cuers[17] parfont[18] muchié
D'une fendofle[19] estroit loié
Desloie pren le tiue[20] chose.
De nule riens l'omme n'en cose,
Ne le laidenge, ne ne fier,
Ren li son vilain reprouvier.
La fendofle dont il chengla
Le cavestre que il t'embla.
Plainement fist chil dusc'au som,
Che que li ot dit li sains hom ;
Li lerres fu en grant fréour,
Honte et angoisse ot et paour,

---

[1] Aurélien, son hôte.
[2] Evêque d'Uzès.
[3] Voulut.
[4] Mettaient en malles ou dans les coffres.
[5] Les gens de service.
[6] *Interdùm.*
[7] Un chameau.
[8] Le texte de Saint-Ouen, porte.
[9] Corde de chanvre, de *cannabis.*
[10] Il manque un vers.
[11] S'efforçait.
[12] Véritablement.
[13] Complice.
[14] *Nunquam.*
[15] En aucune manière.
[16] Brosse, broussaille.
[17] *Queris.*
[18] *Profondè.*
[19] Fronde.
[20] *Tuam rem.*

Car il ne pot plus cheler.
Merchi proia au bacheler,
De che meffait amende offri
Et li valles atant souffri.[1]

L

Li cartrier furent délivré maugré les chevalers qui les gardoient.

Les prisonniers furent délivrés malgré les chevaliers qui les gardaient.

—

Apres chele saison revint
Uns autres tans que il souvint
Le saint homme de son païs,
Dont il estoit nés et nourris.
Il proposa en son courage
Que là vorroit faire ·I· voiage,
Et que la cité Limosine
Visiteroit à court termine.
Véoir voloit les mansions
Et les riches possessions
C'orent tenu si ancisseur,
Que chevaler, que vavasseur.
De che ot mout de joie s'ame,
Pour le tesmoing et pour le fame
Des moustiers et des abéies
Qui ja estoient etablies
Par son essample en la cité,
Et maintenoient carité,
Et tous les poins d'ordre tenoient,
Qui de religïon venoient.
Pour che avoit mout grant desir
Que de ses propres iex véoir
Péust les conversalïons
Des nouvelles plantations.
Quant il se fu mis à la voie,
Tant chevaucha que la monjoie
Vit de Boourges la chité
Qui iert de grant autorité;
Chités iert metropolitaine.
Près iert d'eure meridiaine,
Quant les compaignons fist aler
Vers la cité pour osteler.
Il méisme à poi de gent
Remest derriere, et belement
Ala le pas, car il voloit
Aourer, si comme il soloit
Souvent, quant il là parvenoit,
Et que voie li amenoit
A la mémoire saint Souplise[2],
Que il éust vers lui propise.
Quant il ot faite s'orison,
Laiens par grant devotion,
Si comme il se mist el retour,
Li dist-on que desous la tour
Avoit en une cartre fort
Nouvelement dampnés à mort,
Je ne sai ja quans prisonniers.
Pour réanchon ne pour deniers,
Nes[3] pooit nus quites ravoir,
Car il avint par non savoir
C'uns des roiaus juges ochisent,
Et pour chele ocoison les misent
En fers li ballius du païs.
Li sains ne fu esbahis,
Anchois pria c'on li menast
Pour savoir mon se Diex donnast
Que il rescourre les péust,
Ou il delivrés les réust
Vers lui par aucune maniere,
Ou par racat ou par proiere.

---

[1] Se modéra.
[2] Saint Sulpice, évêque de Bourges.
[3] Ne les.

Bien li souvint de l'Escriture
Que Diex dira sans couverture
A ses amis qui ierent monde,
Au jour qu'il jugera le monde :
En cartre fui, à moi venistes,
Et tous les biens que vous fesistes,
A ·I· de mes meneurs mesages,
De che soit bien certains et sages,
Cascuns de vous à moi le trai,
En gloire o moi le meterai.
Quant il vint de la cartre près,
Les chevalers trouva engres,
Qui gardoient les prisouniers
Et desloiaus et pautonniers
Encontre lui furent trestout,
Felon, outrageus et estout;
Engaigne en ot en son courage,
. . . . [1]
A chele fois là plus ne fist,
A son chemin droit se remist,
Et quant il ot tant cheminé,
Qu'il vint au lieu determiné,
Où il tendoit à parvenir,
Pour son proposement tenir,
Dedens Limoges la cité,
Non sans resnable utilité,
Sejourna là tant con [2] li sist.
Mais ains que del païs issist,
Véir ala les iretages
Que tint ses anchieus lignages
Et ses peres toute sa vie;
Fondée i ot une abéie
Dans Alises, ses germains freres,
El riches mes [3] que tint ses peres.
Quant il vit que ses patremoines
Est mis en usage de moines,
Joiaus en fu, chiertains soiés,
Pour che qu'il iert bien emploiés;
Il fist venir tout le couvent,
Si comme il seut faire souvent,
Benignement les conforta,
Et douchement les enorta,
K'entr'aus éust humilité,
Pais et amour et carité,
Puis fist samblant de repairier
A sa cité sans delaier.
Quant il se fu mis en ·I· piere [4],
Qui Bouhourges laissoit arriere,
Si que eslongier li convenist,
Se chele voie ades tenist,
A une adreche [5] s'asena,
Qui viers la chité le mena.
Che li poignoit auques au cuer,
Que pour nul plait ne pour nul fuer [6]
N'avoit al autre fois aidiés,
Ne delivrés ne raplaidiés [7]
Les prisouniers qui pourrissoient
Dedens la cartre où il gisoient.
Là où li sains hom chevauchoit,
Enviers les chiex ses mains hauchoit,
Dieu deprioit devotement
Que par son saint commandement
A la cartre droit l'avertist,
Ne que ja Diex ne consentist
Qu'illuec en vain se travillast,
Mais boinement li conseillast
Che jour k'en la cité devoit
Entrer; et ja l'aube crevoit,
Et bien sambloit qu'estre déust
Chil jours si biaus comme il péust
Miex soulaidier et deviser,
Li sains qui n'ot soing de muser,

---

[1] Il manque un vers.
[2] Comme.
[3] *Mansiones*.
[4] En un chemin.
[5] Chemin de traverse.
[6] Occasion.
[7] Défendu.

Ne de mauvis ne dorieus,
Enviers le chiel drecha ses iex;
Ne sai s'il fist proiere ou non,
Ne le truis pas en sa lechon,
Mais tant vous di par verité
Tout le pourpris de la cité,
Pourprist une oscurtés hideuse,
Une vile tant tenebreuse,
Que chil k'en la vile habitoient,
Tout esbahi forment estoient,
K'a paines coisissent lor voel
Le giet d'une pierre poignuel.
Si tost comme li Dieu amis
Se fu dedens la vile mis,
Vers la cartre droit s'adrecha,
Et tantost comme il aprocha,
Ces grans portes bien vierroilliés,
Bien barrées et bien verouillés,
Tout autresi comme on éust
Espainte au miex que on péust
Une meule dure et marmoire[1],
Par la douchour le Roi de gloire,
Furent fraites les huiséures
Et ouvertes les serréures,
Et tout li cep[2] deskevillié
Et li carken desvieroullié,
Qui de toutes pars vislicoient[3]
Chiaus qui en la cartre gisoient.
Li sains Confes qui eskivoit
Del tout vaine glore et sivoit
Humilité qui iert sa mie,
Pour che que il ne voloit mie
Que on l'en nommast ne desist
Que Diex che miracle fesist
Pour sa merite apertement,
Il se parti privéement
De la cartre au plus tost qu'il pot.
Il, qui le cuer deboinaire ot,
Dist as cartriers que fors ississent
Et à sainte eglise fuissent.
Lors issirent li prisounier,
Ne furent pas lent ne lasnier;
Mout tost coururent en l'Eglise
Saint Souplise, pour garaudise.
De che furent desesperé,
Que tout ierent li huis serré
De l'Eglise, ne ne pooient
Laiens entrer, ains colioient[4]
Tout environ pur querre entrée.
Mais tost lor ot aministrée
Diex, par son saint commandement;
Voiant lor iex[5] soudainement,
Fu confrainte une grant verriere;
Un huis avoit en la costiere
De l'Eglise très bien serrée,
Lors le trouverent desserrée,
Dedens l'Eglise s'en alerent,
Entour l'autel s'atropelerent.
·I· poi après que chou avint,
Mesires sains Eloys revint
De visiter les ouratoires,
Tout là où il en sot les memores
Et les glorieuses reliques
Des glorieus sains antiquites.
Lors qu'il entra dedens l'eglise,
Où on faisoit le Dieu servise,
Et chiaus vit enclinés viers terre,
Jouste l'autel el presbitere.
Li chevaler qui garder durent
Les prisouniers, qui garder seurent
Que chil qui lor prison tenoient
Fui et escapé estoient,

---

[1] *Marmorea.*

[2] Entraves.

[3] Avilir.

[4] Se fâchaient.

[5] A leur vue.

Cascuns d'iaus tint nue l'espée,
Courchie furent de la journée
Dus k'en l'Eglise poursivirent
Les prisouniers lors qu'il les virrent,
Samblant firent k'esragié furent,
De plain eslais viers aus coururent,
De rechief les encainerent,
Et cruelment les enmenerent,
Voiant mon seigneur saint Eloy.
Mais quant il vit si grant belloi,
Et il les vit dire en tramis
Et outrageus et arramis,
De chaus maintenant traire fors
De l'eglise par lor effors,
Il lor dist amiablement :
Segnor, errés raisnablement,
Pour Dieu vous proi que n'aies cure
De faire tele mepresure.
Pourquoi avés tele folie
Emprise et si grant felounie?
Comment osés-vous neis penser
Que chiaus que Diex daigne tenser,
Et qui sa deboinairetés
A fors de la cartre getés,
Volés par vostre orguel destruire?
Car Dieu ne plaist que nus d'iaus muire
Méismement en sainte Eglise
Ne doit estre nule ame ochise;
Sainte eglise est maisons de vie,
Cheste maisons ne rechoit mie
Chaus qui à son secours arrivent
Pour chou qu'il muirent mais qu'il [vivent,]
As pecheours est sainte eglise
Refuis, secours et garandise;
Sainte Eglise est liex d'orison,
Non de mort ne d'ochision.
Quant il vit que riens ne valoit
Sa parole, et aus ne caloit
De quanqu'il dist et sermouna,
Douchement les arraisouna
Et dist : Segnor Diex, par sa grasse,
Voie vostre fole menache,
Faite m'avés la sourde orelle,
Je croi que chil qui chaus conselle,
Qui ont en lui lor esperanche,
Ma vois orra sans demoustranche.
Il s'enclina isnelement
De tout le cors el pavement
Et fist mout très brief orison,
Que Diex getast chaus de prison.
Lors qu'il leva amont le chief
De s'orison, lors de rechief
Voiant trestous furent frouées,
Les caines et desnoées,
Et li loien tout desloiet
Dont li caitif erent loiet.
Quant si apert miracle virent,
Li chevaler tantost kaïrent
As piés mon seigneur saint Eloy;
Del grant outrage et du belloi
Qu'il orent fait, merchi crierent
Et enviers lui s'umelierent,
Et tout disent à hautes vois :
Glorieus peres sains Eloys,
Bien connoissommes, bien savommes
Que folement erré avommes;
Mout très grant folie fesimes
Quant onques nous entrepresimes
De faire en vers toi contumasse;
Pour Dieu proions que tu nous faches
Pardon de chele outrequidanche,
Que faite avons, par ignoranche :
Car trop avons viers toi mespris.
Il dist : Bien sai ques ties espris
De mautelent et de grant ire,
Qui che vous fist et faire et dire;
Mais je souffri et atendi,
Car je seu bien et entendi
Que vous tel inconvenient
Ne faisies pas à ensïent.

Nostre sires Diex, par sa grace,
Voiant nous, a, en cheste place,
Ouvré si comme il vaut et pleut,
Si comme il daigna et lui pleut
Ches prisonniers desprisouner,
Il vous veulle tous pardonner
Et les pechiés et les meffais
Que vous avés et dis et fais;
Je n'ai mie desprisounés
Chaus si comme vous opinés;
Mais Diex, qui il orent propise
Par la proiere saint Souplise,
A qui secours il afuirent,
Lues que fors de la cartre issirent,
Li boins Confes chaus respita,
De mort et de prison jeta
·II· fois, si comme oï avés.
Li sains qui n'iert pas mescavés
Ne desgarnis d'or ne d'argent
Pour conseillier la povre gent,
Chaus revesti qui tout nu erent,
Car de prison nu escaperent.
Quant en aus ot faite s'aumosne,
Mout douchement et sans ramprosne,
Lor commanda qu'il se gardassent
De mal faire et qu'il amendassent
Lor vies dès ore en avant,
Miex qu'il n'avoient fait devant.

LI

Il s'en repaira à Noion et préécha au pule le verité de l'Escriture.

Il s'en retourna à Noyon, et prêcha au peuple la vérité de l'Ecriture.

—

Quant chil furent ensi delivré,
Comme il est bien noté et livré,
Li sains o sa bele maisnie
S'en repaira en s'eveskie.
Quant il pooit avoir sejour,
Cascun jour presque tout le jour,
En tous les liex où il estoit,
Par escuier amounestoit
La gent dont il avoit le cure,
Que, de net cuer et d'ame pure,
Amaissent Dieu et son servise,
Et qu'il hantassent sainte eglise.
Il monstroit par beles raisons,
Que sainte eglise est la maisons
C'on doit frequenter volentiers,
Car d'iluec muet li drois sentiers,
Li drois chemins, la droite voie,
Qui bien adreche et bien avoie
En paradis chiaus qui Dieu servent,
Et qui pur bien faire deservent
La double estoile clere et monde;
Et sainte eglise est la sainte onde,
Qui esmonde de tous pechiés
L'omme, lues qu'il est batisiés.
Li boins confes n'oublia mie
Del prophete la prophesie
Qui dist : crie! crie! ne fine.
Buisine haut de ta buisine!
Essauche te lange [1] et ta vois.
Bien fist mesires sains Eloys,
Tout che que li sains esperis
Li ot par le prophete apris,
Car cascun jour par droite voie,
Metoit et sa cure et sa voie,
A sermouner en sainte eglise;
Ses sermons iert sans couvoitise
D'or ou d'argent ou d'autre avoir;
Anchois voloit faire à savoir
A tout le pule apertement,
Che qu'il tenoit entierement,

---

[1] *Linguam.*

De la vraie foi sans faintise
Pous oster la mescréandise
De la simple gent edyote
.... [1]
Et tous en che se déduisoit
Les ensengnemens qu'il puisoit
Grans et oscurs [2] en l'escriture
Qui par liex est laide et oscure.
Par bries paroles respondoit
A chaus à qui il sermounoit
Et ja soit che que il desist
Briemenf et brief sermon fesist
Toute sa predications
Iert grans edificatïons.

LII

D'une tonne de vin qui iert wide et fu plaine si tost que sains Eloys le vit.

D'une tonne de vin qui était vide, et fut pleine aussitôt que saint Eloi l'eut vue.

—

El fourbourc de Paris manoit
Uns anchiens qui menoit
Sainte vie et pres de l'Eglise
Sainte Pierre ert sa maisons assise.
Mesires sains Eloys l'avoit
Mout chier pour che que il le savoit
Preudomme, et chil qui le cremoit
Mon seigneur sains Eloys amoit
Et honnoura tout son aé
Pour s'ounerable saintité
·I· jour avint que sains Eloys
Ot visité et les viloys
Et les alues de s'abéie,
K'en la cité ot establie,
Et à Paris s'en revenoit
Et mout grant gent o lui menoit,
Si comme à coustume avoit,
Car sa dignités le devoit.
Il chevauchoit droit tout le piere
Et la maisons lassoit arriere
Del preudhomme, jouste la voie.
Li preudom ot mout très grant joie,
Quand il vit par aventure :
A lui ala grant aléure,
Et hautement le bienvegna [3],
De sa destre main le segna.
Li sains confes avant ala
Li hom et dist : sire, il a là
·I· poi de vin en ma despense,
Proier vous weil que sans offense,
Veilliés en ma maison tourner
·I· petitet, et sejourner,
Tant que tout chil k'ai chi véu
Venir o vous en aient béu.
Que Diex à vostre avenement
Me doinst par son commandement
De sa benéichon user.
Sa proiere vaut refuser
Li sains confes, mais sa maisnie
Qui entour lui ert amaisnie,
Tant li proia, k'a la parsomme
Vint à l'ostel à che preudomme.
Li homme avoit un son chelier
Un vaissel que li tounelier
Toune apelent. En chele toune
Qui ert assés et grant et boine
N'avoit que ·II· sestiers de vin
Ou ·III· au plus. Jou ne n'adevin
Pas che que je di, ne ne contruis,
Ains di che qu'en la letre truis.

---

[1] Il manque un vers.
[2] Précis.
[3] Lui dit soyez le bien venu.

Quant li sains hom fu descendus,
Et li hanas li fu tendus,
Li preudom, mout devotement,
Li proia que il seulement
Un petitet se lui pléust,
Par carité du vin béust.
Le vin segna, ·I· poi en but,
Nequedent bien furent, en but
Si compagnon et assés burent
De che vin tout chil qui là furent.
Li sains ne vaut là remanoir
Plus longement, tout le manoir
Benéi de sa destre main,
Puis dist au preudomme : remain
A Dieu qui garte ton cors et t'ame,
Par la proiere Notre-Dame.
Chele nuit prist herbergerie,
Dedens Paris, en s'abéie.
L'estoire dist apertement,
K'après le saint departement
Du saint qui le manoir saigna,
·I· miracle faire daigna,
Diex, plus bel que vous ne quidiés,
Car li vaissaus qui fu widiés
Ert, en son saint avenement
Presque tous fu, se je ne ment,
Tous plains de vin dusques à l'oel,
Car par raison mentir n'en weil;
En lendemain, par aventure,
Li preudom qui avoit la cure
De son ostel et tout le soing,
Entra, ne sai par quel besoing,
·I· poi devant l'eure de nonne,
En son chelier, et vit la toune
Plaine de vin qui ert widié
Ier, et près que toute espuisié.
Quant li preudom vit l'aventure,
Esbahis fu à desmesure,
Mout s'esmerveilla dont che vint,
Mais si tost comme il li souvint
Des saintes merites le prestre,
Qui ot ier benéi son estre,
Hastivement à lui ala,
L'aventure li pourparla,
Et dist k'à son avenement,
L'ot visité Diex plainement.
Lues que li sains hom l'entendi,
A Jhesucrist grasses rendi,
Et dist : Diex te doinst pais, amis,
De mon savoir t'ies entremis,
De ches coses dire et conter,
N'aies cure de raconter
Cheste cose, mais bien la coise [1],
Garde que plus avant se voise,
Ne qu'ele soit notifiié,
Ne au pule depuliié :
Dedens toi soit close et repunse [2];
Merchie ent Dieu, et si en use,
Que [3] Diex a en ton chelier mis :
Ensi le dois-tu faire, amis.
Au preudomme ne souffist mie
La parole qu'il ot oïe;
Genous fleches [4], enclin le chief,
Proia le saint, que de rechief
Daignast en sa propre persoune
O lui, aler véoir la toune,
Ne mie pour les biens, Eloy
Se benéichons porte foi
Et sa benéichon fesist,
Sour le vin et si en presist
Et essaiast se lui pléust,
Anchois k'autres hom en béust,

---

[1] Taise.
[2] Secrète.
[3] Car.
[4] Fléchis.

Ou se che non[1] ja[2] en sa vie
N'en trairoit hors neis une crie[3].
Li sains vit la devotion
Del homme, et sans dilation.
Vaut que ses veus fust persommés[4],
O lui ala dusc'à son mes[5];
Lors que dedens le mes entra,
Sour le pavement s'adenta[6],
Longement i oura, et jut.
Quant après s'orison perchut,
Et sot par le consel devin,
Que li cheliers iert plains de vin;
Ouvrir le fist et du vin traire,
Un poi en but, che fu pour faire
Che que li hom li ot roué[7],
Et quant che vin orent trouvé
Mout boin, trestout chil qui là furent,
Assés et largement en burent.
Li sains confes ses mains tendi
Viers le chiel et grasses rendi
Aù créateur qui le cria[8].
Le non Jhesu glorefia,
Par où il vint rala arriere.
Droit par le voie et par le piere[9].

LIII

Du vilain qui voloit tolir saint Eloy sen bos et il l'escommenia, et il caï mors devant ses piés.

Du vilain qui voulait enlever à saint Eloi son bois; il l'excommunia, et celui-ci tomba mort à ses pieds.

—

Je truis escrit en chest istoire,
C'uns hom estoit en ·I· tempoire,
Fel, engres[10] et contralieus,
Viskens[11], perviers, injurieus,
Qui mout le saint confes haoit
Et querinoit[12], car il baoit.
Que ou par plait ou par haussage[13],
Li tolist ·I· mout boin boscage
Qui demaines estoit l'Eglise.
Chil par sa piesme convoitise,
Au saint homme souvent venoit,
Vilainement se contenoit
Vers lui par vilaines paroles,
Et contralieuses et foles,
Car volentiers les comméust[14]
En grant ire se il péust.
Chil fel qui ot pensée male,
Trouva ·I· jour en plaine sale,
Le saint homme. Voiant trestous
Estoutement con fel estous[15],

---

1 Ou que si non.
2 Jamais.
3 *Cruye*, cruche.
4 Accomplis.
5 Sa demeure.
6 Se prosterna.
7 *Rogavit*.
8 *Creavit*.
9 *Pavimentum*.
10 Impie.
11 Joueur.
12 Et querellait.
13 Un royaume.
14 Eût changé.
15 Furieux.

Li dist que sans nul contredit
Che bos dont j'ai parlé et dit,
Li laissast quite et franc avoir.
Quant li sains vit le non savoir
Del homme engres et desrainable,
Par raison douche et amiable
Li respondi et par mesure.
Mais il qui n'ot de raison cure,
De tant con plus le vit paisible,
Plus raisnable, mains irascible,
De tant plus et plus tangonnoit [1]
Le saint homme et aguillounoit
D'aspres mos et de dis félons,
Mais il qui iert comme coulons,
Simples et sans fiel de malisse,
Souffroit en pais cele nequisse [2],
Et apasier voloit celui
Qui escauchiroit [3] contre lui,
Et dist : Oste de toi, amis,
La convoitise qui t'a mis
En cheste mauvaise enresdie [4].
Ne dois quidier que je mesdie,
Se je blasme ton malsavoir,
En ne dois-tu grant honte avoir,
Quant convoitise à che te maine,
Que tolir veus autrui demaine;
Se vausisses aucune rien
De che que proprement est mien,
Tost l'éusses par aventure,
Mais puis que à che assies ta cure,
Que traire à toi par forche veus
Les frans et anchiens aleus
Qui ne sont mien, mais sainte eglise;
Je te di bien, k'en nule guise,
Ne souffrerai que tu les aies,
N'etant con je vive à toi traies
L'iretage et le patremoine
Dont iretier sont clerc et moine;
Lors fu li fel plains de grant ire,
Iréement li prist à dire,
Se ne rens debonnairement
Le bos et voluntairement,
Que je demans saches defi,
.... [5]
Et par forche, sans nul delai,
Voeilliés ou non, le raverai.
Li sains hom lors se courecha,
Par grant air le manecha
Et resgarda iréement;
Puis li dist mout oscurement
Che sache Diex qui tout cria,
Terre et mer, et quanqu'il i a,
Se ne retrais tost ta pensée,
De la folour [6] que t'as pensée,
Puis que par ta fourchonnerie
Desers que jou t'escommenic,
Mout tost t'escommenierai,
D'autre espée ne te ferrai [7].
Quant chil oï chele parole,
Qui trop avoit pensée fole,
Lors s'en gaba, lors s'en chifla.
Le saint escarni et chifla [8],
De ramprosnes et de laidenges,
Et de trop vilaines blastenges.
Quant li sains vit que poi prisoit
Li fel quanques il li disoit,
Et pour cose qu'il péust faire
N'apaiseroit chel aversaire :
Plus n'atarja, plus n'atendi,
Sa destre main vers lui tendi,
Se li lancha horriblement
Le dart d'escommeniément.

---

[1] De *tançon*, querelle.
[2] *Nequitia*, méchanceté.
[3] S'emportait.
[4] *Impudence*.
[5] Il manque ici un vers.
[6] L'égarement.
[7] Frapperai.
[8] On dit actuellement persiffler.

Lorsque cele horrible sentense
Ot li sains hom en audiense
Sour le caitif homme semée,
A paines ot bien parsommée,
La parole que il vaut dire,
Quant la venganche Dieu et l'ire
Au cruel dit s'acompaigna,
Chelui feri et mehaigna
De tout le cors en tel maniere
Que chil ne pot n'avant n'arriere;
Perdue ot toute sa puissanche
Et de vif homme la samblanche,
Il trebucha el pavement.
Tout chil qui là presentement
Jeent[1], et chel homme véoient,
Pour voir, et pour certain, créoient
Que chil fust mors tout entresait[2].
De chel miracle et de chel fait
S'esbahirent et mervellierent,
Entr'aus disent et consellierent
Que Diex méismes à par main[3],
Vengoit proprement de sa main
Le desraison et le belloi
Que chil fist à son pere Eloy.
Ensus d'iluec fu chil portés,
Car près que tous iert amortés;
Il n'atendoit autre respas
Fors que le dolereus trespas;
Chil qui du saint plus se fierent,
Communement le deprierent
Qu'il eust pité de chelui,
Ne l'outrecuidanche de lui,
Tant cruelment au cuer presist,
Mais orison à Dieu fesist
Pour le caitif qui là penoit,
Pour che que s'il redevenoit
Sains de son gré par aventure,
Amendast chele entrepresure
Dont il avoit par son pechié
Et Dieu et le saint courechié.
S'il le fist ou non ne savommes,
Car en livre ne le trouvommes.

LIV

De LV forsenés qui furent hors du sens ·I· an, et furent sané à son commandement.

De cinquante-cinq forcenés qui avaient perdu le sens, et furent sauvés par son commandement.

En ·I· autre tempoire avint
Que li jours de la feste vint
Saint Pere, l'apostre de Romme,
Que Diex eslit et fist son homme
Selonc le sens et l'Evangille.
On celebroit en une ville
Près de Noion solempneument
Cascun an assiduelment
Chele feste, et mout i venoient
Des gens qui ou païs manoient.
Li sains à chele feste ala
A che jour, et quant il vint là,
Si comme adès faire soloit,
Parla au pule qu'il voloit
Par sa sainte parole atraire
A bien penser et à bien faire;
Et dist que Diex mout despisoit[4]
Sour toutes riens et desprisoit

---

[1] *Jacebant.*
[2] Pendant ce temps.
[3] De lui-même.
[4] *Despiciebat*, regardait d'un mauvais œil.

Et caroles et baleries [1],
Espringeries, treperies [2];
Car chil qui balent et carolent,
Et espringent ou qui parolent,
Qui cantent ou qui dient fables
A tous les inferneus diables
Entierement tout iaus dedient
Et tous lor membres sacrefient.
Pour che tout chil qui en Dieu croient
Doivent toutes les riens qu'il voient,
Que Diex het et a en despit
Metre en sus d'aus sans nul respit,
Chest que les grans abusiions
Des vaines superstitions
As miex vaillans qui là estoient
Des païsans qui l'escoutoient
Despleut che qu'il leur sermounoit,
Pour che que il les semmonoit
D'entre lassier lor fol usage
Dont il orent tout lor éage
Acoustuméement usé.
Or estoïent bien amusé,
Che lor sambloit se par ·I· homme
Qui ne valoit mie une pomme,
Selonc lor fol sens remanoient
Les grans festes qu'il maintenoient,
Et se lor coustumes perdoient
Qui bonnes et loiaus quidoient
La gens qui iert là à maisnie
Méismement de la maisnie,
Herchenoal [3] le desloial,
Qui dont iert del palais roial,
Maistres prevos, et pas n'amoit
Le saint homme qui Dieu cremoit;
Chil qui je vous di qui là erent,
Qui de tout lor pooir baerent,
A faire mal et pourchachier,
Pour le saint Confes escachier,
Entr'aus disent se plus estoit
Iluec et plus les monnestoit,
Et deffendoit lor jeus à faire,
Il li feroient tel contraire;
K'isnelement sus li courroient,
Et sans remede l'ochirroient;
De mi en ti fu si lanchiés,
Chis parlemens et avanchiés
K'au saint homme avint la nouvele,
K'i mout li fu et bonne et bele,
Car bien vausist se Dieu pléust
Vrais martirs estre, s'il péust.
Il se leva isnelement
Et commanda estroitement
As siens que nus ne se méust;
Il ne voloit que plus éust
De compaignons à che machacre,
Fors que ·II· clers et ·I· diacre.
Il s'en passa par la grant presse
De la gent escoute et engresse,
Tous drois estoit devant l'eglise,
Sour une haute pierre bise,
Lors préécha à haute vois
Orguelleus pules renois [4];
Mout les blasma et destrava,
Bien les torcha et les lava,
Sans aus flater par sa parole,
Car tant erent de put escole,
Que le sermon Dieu eskivoent,
Et du tout en tout ensivioient
Le dyable et ses volentés,
Et les avoit enfantosmés;
Chil auresier [5] et chil vif maufé [6]
Furent de grant ire escaufé,

---

[1] Danses et divertissements.
[2] Sauts et gambades.
[3] Erchinoald.
[4] Ces hommes criminels.
[5] Diable vivant.
[6] Errans.

Quant il ensi parler oïrent,
Le saint homme mout fort laidirent,
Et par parole estoutierent [1];
Estoutement le manechierent,
Se moleste plus leur faisoit,
Et leur feste leur deffaisoit,
Autre louier [2] n'en averoit,
Fors que la mort en rechevroit.
Puis li disent haut en oïant :
Roumains [3] ! trop nous vas anoiant,
Chertes ta teste en vain debas,
Car trop froide paumele bas [4];
Ja tant ne t'en saras pener,
Que nous puisses à che mener,
Que nos coustumes nous abaches [5],
Ne de nos calendiers esraches [6],
Nos sollempneus festivités.
Nient ne te vaut l'autorités,
Car nos festes celeberrommes,
Et quant nous tout feni serommes,
Iretelement le retenront,
Chil qui après nous revenront.
Ja niert nus hom qui tant puis faire,
Que de nos jus nous puist retraire
Car mout i a, et joie et bien.
Quant il vit que ne valoit rien
Ne ses sermons ne sa parole,
Et vit les gieus et la carole,
Efforchier par toute la plache,
Et la fole gent contumache,
Grant ire en ot et grant engaigne [7];
Il traist de son cuer une ouvraigne [8],
Qui après tost percha les chiex,
Car il leva el chiel les iex,
Et fist à Dieu une proiere,
Assez courte et en tel maniere,
Che fu l'engaigne qu'il traist,
Et dist : sire Diex, s'il te plaist,
Otroie moi par ta bonté,
Que chil qui tant sont effronté,
Et plain d'orguel et d'estoutie,
Et ta parole ont se boutie
Desous lor piés, et moi mesprisent,
Et tes commandemens despisent,
Et plus volentiers s'entremetent,
Des diables servir, et metent
Plus grant cure à aus hounerer
K'à toi servir et ounerer.
Tout chil par ta promissïon,
Pour leur abominatïon,
Aient en aus chaus qu'il cultivent
Dedens lor cuers entrues qu'il truevent
Sentent de chaus la cruauté
A qui ils ont fait féauté,
Et connoissent chaus qui il servent,
Et che k'en aus servir deservent
Et d'aus pregnent lor essamplaire
Tout chil qui sont ti aversaire
Et toute l'autre povre gent.
Sire Diex, peres biaus et gens,
Te puist hautement merchier,
Et ton sainct nom glorefier.
Li sains en tel maniere oura ;
Gaires après ne demoura
Que li pluseur méismement
Chil qui estoient proprement
De la maisnie et del orine [9]
Herchoneal qui ot querine
Envers li saint et autre assés,
Dont il i ot mout amassés,
Tout ensemble si comme il erent,
Et chil qui sa mort pourparlerent

---

[1] Querellèrent.
[2] Récompense.
[3] Romain. Etranger que tu es.
[4] Tu bas de l'orge qui ne rendra pas de grain.
[5] Tu ravisses.
[6] Tu détruises, de *eruere*.
[7] On dit encore *engogne* pour rancune, aigreur.
[8] Œuvre.
[9] *Origo*, lignée.

Furent mout tost plain d'anemis,
Qui dedens aus se furent mis.
Lors les convint encaïner,
Lors les estut ensi mener,
Comme on maine l'ours en landon [1],
Qui les laissast à abandon,
Ou lor mains ou lor dens avoir :
Bien puet cascuns de vous savoir,
Moutes oribletes fesissent,
Ou aus ou autrui ochesissent.
Quant chil qui là estoient virrent
Tel miracle, mout s'esbahirent;
Lors furent mis en grant péour
D'aus méismes orent fréour
Que chil cas ne lor avenist,
Et que souffrir lor convenist,
Si très pesme male aventure.
Isnelement à terre dure,
Devant le saint homme se misent,
Merchi proierent et promisent
De lor meffais amendement,
Et d'estre à son commandement.
Li sains lor dist : n'aiés peur,
Soiés en pais et à séur,
Loés Dieu et son jugement:
Drois est que selonc l'errement,
Que chil caitif que vous véés
Tant horribles et desraées,
Qui contre Dieu escauchiroient,
Et disoient qu'il m'ochirroient,
Soïent livré entrues qu'il vivent,
A chaus qu'il aiment et cultivent,
Et par aus méismes aprendent [2],
C'on fait loier tout chil atendent,
Qui as diables se sousmetent,
Et dans hounere s'entremetent,
Et entre vous qui volentiers,
Volés amer de cuers entiers,
Dieu et ses sains commandemens,
Et les boins establissemens
Que Diex a mis en sainte Eglise,
Ja ne porrés, en nule guise,
Avoir doutanche ne resgart,
Que il ne vous deffenge et gart
Des diables qui chiaus fonduient [3],
Qui à lor volenté s'apuient.
De toutes gens fu bien proiés
Li sains, que pour les marvoiés [4]
Ourast, mais il ne vaut encore,
Et dist : souffrés che n'iest pas ore,
Tant qu'il soient auques lassé,
Et boivent che qu'il ont brassé [5].
Chil souffrirent chele tempeste,
Tout chel an, et quant l'autre feste
Au chief de l'an fut revenue,
Et haute gens, et mains menue
Ja pléurent de mout vilois :
Là fu mesires sains Elois,
Et dist que tout li forsené
Fussent devant lui amené,
Et on si fist hastivement.
Il s'enclina el pavement,
Et fist auques brief orison,
Puis lor donna une poison [6] :
Che fu iaue qu'il ot saignié.
Lorsque chele gent mehaignié
De chele iaue fu abevrée,
Tantost se fu d'iluec sevrée,
Toute la maligne maisnie,
Qui dedens aus fu entaisnie [7] :
L'estoire dist k'en droite somme,
Estoient ·LV· homme.

---

[1] En laisse.
[2] Apprennent.
[3] Ruinent.
[4] Gens en mauvaise voie.
[5] Proverbe qui s'explique ainsi : boire la cervoise ou la bière qu'on a brassée.
[6] Potion.
[7] Mis en tanière.

Quant les ot bien edefiés,
De sa parole et castoiés [1],
Li sains pour monstrer la voie,
Qui maine à la souvraine joie;
Au Créatour grasses rendirent,
Sain et haitié [2] s'en departirent.

LV

Du prestre que sains Eloys suspendi, et il vaut sonner et il ne pust.

Du prêtre que saint Eloi interdit; celui-ci voulut sonner et il ne le put.

Li sains confes, en ·I· tempoire,
Oï parler d'un sien prouvoire [3].
Li sains l'Eveskié visita.
Il fu qui bien li endita [4],
Que une de ses Glises tenoit
Uns prestres qui se contenoit
Assés desordenement.
Ne menoit pas privéement,
Sa vie, ains le manifestoit.
Quant li sains vit que voirs estoit
Che c'on li raconta et dist,
Le lieu et le priestre entredist
Qu'il ne cantast ne ne sounast,
S'enchois [5] congié ne l'en dounast.
Chil qui fole ot sa conscienche,
Mout poi prisa chele sentense,
Et la parole ot en despit.
Li faus prestres sans lonc respit,
Quant il pensa que loins estoit
Li sains, qui si le molestoit,
La corde prist, souner voloit
A chele eure que il soloit
Sonner, pour chiaus de la paroche
Apeler au son de la cloche.
Es-vous mout grant confusion,
Pour lor fole presumption,
Car la cloque qui par nature
Est une tele créature,
Que riens n'entent, ne sent, ne voit,
Fist che que chil faire devoit,
Miex obéi à l'entredit
Que li Vesques ot fait et dit,
Que chil qui dut raison avoir,
Entre oïr, sentir et savoir,
Et trespassoit obedienche.
La cloque tint bien sa silenche,
Que chil ne pot onques tant faire;
Qu'il le fesist sonner ne braire
Il traist la cloque, et traist, et traist,
Mais la cloque ne muist, ne braist.
Tant se pena, tant s'efforcha,
Que ses paumes près escorcha
A la corde traire et sachier.
On li péust ains esrachier
Les mains, ou lui esmougonner [6],
Qu'il le péust faire sonner.
Mout longement s'i essaia.
Mout s'esbahi et essaia
Dedens son cuer s'esmerveilloit,
De che k'en vain se travelloit.
Quant il vit que rien n'i feroit
Et la cloque ne sonneroit,
A tant oissi tous effraés
Fors de l'Eglise, et dist : véés

---

[1] *Castigati.*
[2] Joyeux.
[3] *Presbiter*, prêtre.
[4] Indiqua.
[5] Pour *ainsoi*, si auparavant.
[6] Mutiler.

Bonne gent! que m'est avenu;
Je n'ai mie bien retenu
Che que li Vesques hui me dist,
Quant moi et m'Eglise entredist;
Car sour escommeniement
Quidai hui canter hautement.
Li parochien tout envoierent
Au saint homme, et se li proierent
Qu'il reconciliast l'Eglise
Sour qui il ot sentense mise.
Ja soit che que il soit raisnables
Et benignes et mesurables,
Ne vaut pas si hastivement
Laskier l'escommeniement
S'ançois, par sa fole ocoison
Ne faisoit satisfactïon
Li prouvoires de la parroche.
Tout che jour fu mue la cloche,
Et toute nuit dusc'au demain.
Au second jour remist sa main
Li priestres au sonner la cloche,
Qui bien le batist d'une croche
N'en péuist-il neis ·I· son traire.
Chil jours passa et sans plus faire
Toute la nuis entre glacha.
Au tiers jour quant il resacha
La cloche qu'il quida sonner,
Neis ·I· son ne li vaut donner.
Entrues alerent li message
Au saint que li vieil homme sage
I envoïerent et tramisent.
En lor letres à lui escrisent
La repentanche et l'amendise
Que li prestres li ot promise,
Des outrages et des meffais,
Dont il se sentoit trop meffais,
Car de la fole impascienche
Le reprenoit sa conscienche.
Quant li sains hom che entendi,
A Jhesucrist grasses rendi;
Par sa parole purement
Fist le reconcilïement.
Le prestre assaust et la paroche.
Quant chil remist main à la cloche
Qui devant sonner nel pooit,
Bien et clerement le sonnoit.

LVI

Du noier qui secha si tost comme mesires sains Eloys le maudist.

Du noyer qui sécha aussitôt que saint Eloi l'eut maudit.

Un jour par mout caude saison,
Je ne sai pour quele ocoison,
Erroit li sains et chevauchoit.
La grans caurre [1] qui l'encauchoit
Tant l'argua que las devint.
Tant fist c'a une liue vint,
Près de Compiegne et vit ·I· ries.
Li chevauchier li ert mout gries,
El ries qu'il vit biel vaut descendre;
Lors descendi sans plus atendre;
Emmi li ries fu emparchiés;
Uns grans noiers qui iert carchiés
De nois gauges [2] à grant foison,
Et ja erent en la saison
C'on les pooit croistre et mengier.
Li sains qui ne fist nul dangier
De lui couchier, son chief posa
Sour le verde herbe et reposa.

---

[1] Chaleur.

[2] Gaughier, noyer; gaugue, noix.

Ensi con li sains soumilloit,
L'autre maisnie qui velloit,
Nient tout, mais li pluseur batirent
Che grant noier et abatirent
Des nois, et as dens les brisoient,
Et au peler se deduisoient;
Quant à aus vint uns ahaniers [1],
Mout aïrés, mout courechiés :
Se plainst de che c'on li quelloit
Ses nois par forche et despoulloit
L'arbre del fruit et bel et gent,
Que il quidoit vendre à la gent.
Mout aigrement se courechoit,
Et envers aus se herichoit.
Quant li sains hom oï la noise,
Acoisier vaut la grant harnoise,
Que li ahaniers demenoit.
Amis: dist-il, or ne t'anoit,
Ne pour si très petit meffait
Que chil t'aient ne dit ne fait,
N'aies vers nous courous ne ire,
Tien nous pais, que Diex le te mire;
Se viers toi ont chist entrepris,
Du fruit qu'il ont mengié et pris,
Petit i a de mesprison;
Il t'en remaint à grant foison.
De che tant qu'il en ont eu,
Pour che qu'il t'ont escommeu [2],
En grant ire, t'en sesferai [3],
Car au vaillant te renderai,
Que [4] li fruis vaut de mes deniers.
Orgilleus fu li ahaniers,
Et par sa folle engresseté,
Despit la deboinaireté,
Du saint homme, et mout l'esprova
De sa parole et viutoia [5].
Li sains qui encore souffroit.
Quant vit que chil li mesoffroit,
Et laidenjoit de sa parole,
Qui trop estoit estoute et fole,
Il detencha [6] chaus qui quellierent
Les nois et del arbre abatirent,
Puis commanda c'on rapaiast
L'ahanier, et c'on li paiast
·III· deniers d'or pour son damage.
Vers le noier tint son visage,
Et comme est bele et glorieuse
La Diu poissanche et mervelleuse,
Li sains sivi la sainte escole
Dieu Jesucrist en sa parole,
Car che que Diex dist au figier,
Dist li sains hom à che noier,
En tel maniere te maudist
Pour che que pour toi nous laidist
Chil fel vilains par son outrage,
Un mien commandement te fai-je
Et che prie-je à Diu et ruis [7]
Jamais de toi ne naisse fruis.
Lors fu la parole averée,
Que li sains hom ot desirrée.
Quant al arbre se courecha,
Car li arbres tantost secha,
Ains puis ne vint fuelle el noier,
.... [8]
Et ses [9] devint et ses sera;
Jamais ne fruitefiera.
Bien me souvient et bien me membre,
K'al onsime jour de novembre,

---

[1] Laboureur.
[2] Emu de grande colère.
[3] Satisferai.
[4] Ce que.
[5] Traita avec mépris.
[6] Tança.
[7] *Rogo*, je demande.
[8] Il manque un vers.
[9] Sec.

Suelent faire notre anchissour
Grant feste au jour del confessor
Saint Martin, si fait-on encore,
Mais on n'en fait mie tant ore
Comme on soloit, car toute remaint,
N'a nule feste où nus ne maint.
·I· jour avint k'en une Eglise
A che haut jour fist le servise
Li sains confes sollempnelment,
Comme on devoit faire anuelment.
Après l'Evangille et l'offrande,
Si comme à si haut jour demande
Raisons, coustume, drois et lois,
Monta mesires sains Eloys
En l'eschafaut pour préèchier.
Mais Sathan qui n'a mie chier
Que on parol [1] de Dieu en plache,
Car il n'est riens que il tant sache;
Entrues que li sains préécha
Et son sermon empéécha,
Et destourba le sainct servise,
Par ses songis [2] qui en l'Eglise
Si se gisoient encaïné,
Et esragié et forsené.
Li sains vers aus se main tendi,
Et de par Dieu lor deffendi,
Que mès tant comme il préèchast,
Sa parole n'enpéèchast.
Nus n'i muist, nus n'i ruist,
Mais cascuns d'aus tous cois séist,
Si fisent-il isnelement;
Ne mie chil tant seulement
Qui sen sermon destourbé orent,
A sen commandement se teurent,
Que ·XII· estoient che me samble,
Mais li diable tout ensamble,
Qui dedens chaus tapissoient,
Et dedens lor cors randissoient;
Quant il s'oïrent conjurer,
Et plus ne porent demourer,
La grans vertus del contredit,
Isnelement, sans contredit,
Lor habitassïon guerpirent;
Mat et confus se departirent;
Chaus lassierent sains et senés,
Que longement orent penés.
Je ne doi mie oublier
Ne veul, c'un seul familier
Avoit li sains; la letre nomme
Ermesinde, en droit non cel homme
Apressés fu de grant malage,
Si que li fusisien [3] sage,
Chil qui oriner [4], le devoit,
En s'orine riens ne véoit,
Fors que la mors assés prochaine
Le pous eut lent, courte l'aleine,
Et ja penoit et travelloit.
Droit à che point s'aparelloit
Li sains confes de chevauchier,
Et ja li devoit-on cauchier
Ses esperons, quant il proia,
Et de sa main senefia,
Sans mot sonner, qu'à lui venist,
Ains que mourir le convenist
Li sains confes par sa bonté.
Ja trouverent le saint monté.
Quant il oï chele nouvele,
Il descendi jus de la sele,
A chelui vint, mout le cosa,
De che c'onques ne reposa,
Ne ne cessa de mal cachier,
Et ot lassié outre glachier

---

[1] Parlât.
[2] Suppôts.
[3] Physicien, médecin.
[4] Devait le traiter par l'inspection des urines.

Tout le tempoire de sa vie,
C'onques n'ot de bien faire envie,
N'onques ne vaut sa conscienche
Esnetier[1] par penitenche.
Quant chil oï qui là gisoit,
Que li sains hom voir li disoit,
Avoec l'angoisse qu'il souffroit,
Par paroles larmes offroit,
En lieu de satisfacïon.
Li saint qui ot compassïon,
Qui tout adès ot cure et soing,
D'aidier les siens à lor besoing,
Une crois k'en sa main tenoit
Mist sour chelui qui là penoit,
Puis li commanda li dous sains,
K'el non Jhesu levast tous sains,
Et delivrés de chel malage,
Et aveuc lui en chel voïage,
Où il devoit aler, alast.
Il n'est nus hom qui enmalast
Si tost uns gans[2] en une male,
Comme chil très emmi la sale,
Au commandement du saint homme
Salli en piés, sains comme pome.
Chil qui là furent et che virent
K'avenu furent, grasses rendirent
A Dieu le souvrain Créatour,
Atourné ot tout sen atour.
Lors si mist li sains à la voie,
Et chil adès à mout grant joie,
Devant le saint homme courut,
Par qui Diex bien le secourut.

LVII

Chi fu sainé uns dyacres.

Comment fut guéri un diacre.

—

Uns diacres, en ·I· autre tans,
Fu de si grans maus et de tans,
Enpechounés de toutes pars.
Par tout son cors s'estoit epars
Uns grans maus c'on nomme escroèle[3]
El destre lès sour sa maissele[4],
Li vint chil maus premierement
Aveuc chel mal méismement
Se misent cranque[5] et goute fesque
Sour lui à destre et à seniestre.
Tous ses membres ot detroiés,
Mersvilliés iert et en boés[6],
Ades de tai et de la boé[7],
Qui pissoient de lui à gloé,
Il convenoit ·III· fois ou quatre
Ses dras lingues[8] buer et batre :
Cascun jour par droite coustume
Chele dolours, chele enquitume[9]
Le fist gesir par ·XV· mois.
Lors que mesires sains Eloys
Par tout le cors l'ot manié,
Et de sa main aplanié,
Il fu, par la devine aiue[10],
Sanés de sa grief maladie.

---

[1] Nettoyer.
[2] Proverbe : faire une chose aussi promptement que de mettre un gant dans une malle.
[3] Ecrouelles.
[4] *Maxilla*, mâchoire.
[5] Claudication.
[6] Couvert de pus.
[7] Et de la fange et de l'ordure.
[8] Son linge.
[9] Angoisse.
[10] Aide.

LVIII

Du priestre qui caï mors de mort soubite, et li sains le resuscita.

Du prêtre qui tomba frappé de mort subite, et que le saint ressuscita.

—

Li sains, ne sai en quel tempoire,
Oï parler d'un sien prouvoire,
Qui iert de fol contenement
Et si voisin méismement,
Chil qui plus près de lui manoient,
Pour deshonneste le tenoient:
De che portoient tesmoignage.
Par sa parole douche et sage,
Souvantes fois le castïoit
Li sains hom qui mout anuioit
De che qu'il iert si diffamés;
Mais il ne pot estre entamés,
Pour nule riens c'on li desist
Ne pour paine c'on i mesist,
Ne le pot-on à che atraire,
Qu'il se vausist de che retraire;
Dont li pules le sourdisoit,
Qui son afaire mesprisoit.
On dist piecha plus va blastenge
Loins assés que ne fait loenge [1].
Quant ne puet plus estre chelés,
Et fu partout espaelés [2]
Li grans blasmes de che prouvoire,
Et teles gens c'on dut bien croire
Tiesmoignoient que tes [3] estoit,
Que tous li siecles [4] l'atestoit,
Qui le tenoit pour deshonneste.
Hardiement va nue teste,
Qui veut mener honeste vie.
Cheste parole senefie:
Honteusement vit qui fait cose,
Dont sa conscienche le cose.
Li sains en ot au cuer grant ire,
Car trop ooit parler et dire
Del prouvoire les fantasies
Et les desloiaus pusnaisies
Que on disoit par tout de lui.
Devant lui fist venir chelui,
Car plus ne pot souffrir n'atendre,
Par lui méisme vaut aprendre
Et enquerre dont che venoit
K'universelement le tenoit
La gens pour la plus vil persoune
Qui onques fust en Carcasoune,
Et tesmoignoit que sa viex vie
Estoit plaine d'abigerie [5]
Assés, li dist humainement,
Pour che que trop vilainement
Parloit la gens grans et menue
De la folie aperte et nue,
Que il venist à amendise,
Et au conseil de sainte Eglise;
Que par vraie confessïon
Péust avoir remissïon
Des viex et des nouviaus pechiés
Dont il estoit plus entechiés.
Li prouvoires, plains de diable,
Dist, pour voir, que tout che ert fable,
Car ne volenté ne courage
N'ot il onques de tel ouvrage
Faire dont il estoit retés [6],
E las comme ert acouvetés [7]
Et envolepés de pechié,
Qui ensi l'ot enpéechié

---

[1] Proverbe: le blâme va plus loin que la louange.
[2] Répandu.
[3] Tel.
[4] Car tout le monde.
[5] D'hérésie.
[6] Accusé.
[7] Rempli.

Qu'il ne pooit raison entendre,
Mais sa coupe [1] voloit deffendre,
Car plus assés doutoit ·I· homme
Que le grant mal qui tout asomme.
Che est chele horrible venianche [2]
Que Diex en chaus dardele et lanche,
Qui se desvoient de bien faire,
Et devienent si aversaire.
Quant li sains vit que par proiere
N'atraïroit en nule maniere,
Ne ne flechiroit par menache
Che prouvoire tant contumache,
Et tant fol à confessïon,
Pour sa fole trangressïon,
Estamment l'escommenia;
Autrement ne l'aplainia,
Et dusc'à tant qu'il humlement
Pour l'apert desordenement
Fesist aperte penitenche,
Deffendi par obedienche
Que il à l'autel n'aprochast,
Ne de ses mains n'i atouchast,
Ne ne fesist en sainte Eglise
Nul sacrement ne nul servise.
Bien li promist et manecha,
Et pour jurer sa main drecha
Vers ·I· moustier que il véoit,
Que se il che qu'il li véoit
Faisoit sour son devéement
Ne le feroit si coiément,
Que il très bien ne le séust,
Et que près de lui ne l'éust,
Pour tost vengier s'outrequidanche,
Et de plus séure venjanche.
Quant chil se fu partis du Vesque,
Qui ne prisa mie, une leske
De pain muisi, chele sentense.
Ses jours usa en negligense,
Ains que passast chele quinsaine.
Mais à paines chele semaine,
Chil prouvoires qui folement
Mist chel escomeniement
En negligense et en despit,
Ne veust metre plus lonc respit;
Canter vaut en ·I· diemenche,
Ne le remorast [3] sa conscienche,
Il commencha à versillier,
L'autel voloit apareiller;
Mais tantost comme il l'aprocha,
Diex si belement le crocha,
D'un cop mortel si qu'à la terre,
Trebucha mors el presbitere.
Tout chil qui che sorent et virrent,
Et qui de chou parler oïrent,
Entr'aus commenchierent à dire
Que li desdains, l'engaigne et l'ire
Del saint faisoit bien à douter;
Et bien le doit-on escouter,
Car Diex, par sa saintisme grasse,
Faisoit sa parolle efficasse.
Quant il perchut la pesme mort
De che caitif prouvoire mort,
Mout le pleura pour le pechié,
Qui ensi l'ot empéêchié.
Li sains hom ot vertus en soi,
Ainc puis que je fui nés n'en soi [4],
Tantes en ·I· saint, ne tant beles,
Estre chelés et aveuc celes,
Une noble vertu avoit;
Par le saint Esperit savoit,
Et prophetisoit maintes choses
Que en son cuer véoit encloses,

---

[1] *Culpa*, faute.

[2] Vengeance.

[3] Reprochât, le verbe n'est plus employé; le mot *remords* seul est conservé.

[4] *Scio*.

Qui avenir après devoient,
Et le tans qu'eles averroient,
Pour ches miracles desclairier,
Au lechonnier voel repairier,
Où on les puet trouver et lirre,
Des mos ·I· poi en voel eslirre,
D'Archenoal le desloial,
Prevost del haut palais roial.
Truis en l'estoire et lis et voi,
Que, il, monsegneur saint Eloy
Proia, et fist proier assés,
Car de proier ert ja lassés,
C'o lui alast en ·I· voïage.
Ne m'en fait pas la letre sage,
Où che fu, ne pour quel besoing;
De che savoir n'ai mie soing;
Mais tant sage par verité,
Che est mout loin de la chité;
Mais li sains hom, qui ja véoit
Mout bien che k'avenir devoit,
Refusoit par bele raison
Che voiage en chele saison
Faire avoec li, neis entreprendre,
Mais il ne li fist pas entendre,
Pour quoi che ert, ne pour quoi non,
Li plus vieil homme de Noion,
Chil de gregnor autorité;
Et li abés de la chité,
Li loerent et consellierent,
Et communement li proierent
Que de boin cuer et volentaire,
Daignast chele proiere faire,
Que li prevost li requeroit,
Car mout boin gré l'en saveroit;
Ne li devoit che refuser,
Maismement pour eskiver
Le mautalent, et le querine
De che prevost de haute orine,
Qui tant valoit et tant pooit.
Quant li sains vit, qui che ooit,
Et qu'il plus ne pooit respondre
. . . . [1]
Che qu'il savoit d'Erchenoaut,
Apertement dist, que vous vaut,
Segnor, de vos testes debatre :
Pourquoi me voles-vous embatre
En tel travail, en si grant paine,
Bien voi cascuns de vous se paine
Que ma pais garge et droit avés;
Je sai che que vous ne savés,
Se nous alons en chel voïage,
Mout retenrons très grant damage,
Et grant anui et grant vergoigne :
Chil est mout faus qui ne resoigne
Le mal qui li doit avenir;
Chis hom s'en va sans revenir,
Gaires longes ne vivera,
Là où il va, là finera.
Ensi avint si comme il dist,
Car quant Erchenoaus vint
Où il ot promise la voie,
Et sejourné ot à grant joie,
Auques del tans à che viloi,
Aveuc mon seigneur saint Eloy,
Iluec avint che que li sains
Ot devisé et promis ains,
Ensi que une nuit dormoient
Chil qui par la maison gisoient,
Li sains oissi de la maison,
Nommèement pour l'ocoison
De Dieu parler et versillier.
. . . . [2]
Ensi com par lui soumilloit,
Si fort que nus dans n'el ooit,
Et droit devant le porte fu,
Une grant columbe de fu,

---

[1] Il manque un vers.

[2] Il manque un vers.

Qui ert espris et alumés,
Et mout iert très bien embrasés,
Vit esraument du chiel descendre,
Et droit en la cambre descendre,
Où chil Herchenoaus gisoit.
Li sains qui ses siaumes disoit,
Coisa en lui celéement
Chele aventure, et sainglement
A son diacre qui là vint,
Lorsque chel aventure avint,
Noncha la mort et le tempeste
D'Erchenoal le male beste.
Erchenoaus jut en la cambre;
Diex l'ot feru d'une grief tambre
Qui l'enbrasoit par tout le cors,
Et par dedens et par dehors;
S'il fust en une ardant fournaise,
N'éuist-il par plus grant malaise,
Comme il avoit che li sambloit,
De la paour qu'il ot, trambloit;
Trop iert cargiés de pesant somme.
Il fist apeler le saint homme,
Et quant il le vit si destroit,
Et que mout l'ot chainglé estroit
Chele soudaine enfermetés,
Dont il estoit acouvetés,
Il dist puis que il bien savoit
Que point de fianche n'avoit
De plus vivre core, fesist
Contre sa mort che qu'il ne fist,
N'onques ne vaut faire en sa vie
Pour Dieu ne pour sainte Marie;
Che fu que il donnast as povres
L'or qui estoit dedens ses coffres;
Pour le refrigere de s'ame,
Que Dieu proiast et Notre-Dame
Pour lui, l'aumosne qu'il feroit,
Car à s'ame nient n'aideroit,
La grans plentés d'argent et d'or,
Que il laissoit en son tresor,
Ains li nuiroit à lor besoing,
Pour che éust de s'ame soing,
Mais chil qui ot toute sa vie
Volentiers tolue et ravie,
Autrui cose et à tort prendans,
Bien mal bontius [1], et mal rendans [2],
Escars [3] avers mauvais et niches [4],
Et pour che ert d'avoir si riches
Chele aumosne tant detria,
Que point n'en fist, ains devia.
Li sains qui ert misericors,
Fist aveuc li porter le cors,
Proprement pour misericorde,
Non pour sa vie vil et orde,
En ·I· linsel le fist serrer,
Et honnestement enterer;
Et en tel maniere fina,
La parole qu'il denïa.

LIX

Il prophetisa la mort Flavade et le vie Willebaut, et autres prophesies.

Il prophétisa la mort de Flavade et la vie de Willebaut, et fit d'autres prophéties.

Li sains en ·I· autre saison
Ert en une sainte maison,

---

[1] Ayant de bien mauvaises *boutades*.
[2] Et faisant le mal.
[3] Avare.
[4] Mal avisé.

D'ordenée religïon,
Oïant le congregacïon:
De Flavade, le plus felon
Qui onques fust puis Guanelon,
Prophetisa le mort despite,
Dolereuse, laide, et despite.
Oiés comment la cose avint :
Ensi con li sains iert là, vint
La nouvele que chil Flavades,
A tous maus faire engres et rades
Mout se faisoit et lie et baut [1]
De che qu'il ot dant [2] Willebaut
Li boins patriche de Bourgoigne
Ochis à tort et fait vergoigne.
Quant chele grief nouvele oï,
Li sains point ne s'en esjoï,
A chaus qui che li racontoient,
Ne sai s'à Flavade montoient,
Tant dist, Segneur, vous atestés
Que Willebaus est entestés,
Et que il est ochis et mors,
Et Flavades est vis [3] et fors;
Et je, chelui que vous mort dites,
Di, que pour ses saintes merites,
Vit en gloire lasus en chiex ;
Et chil que vous dites que miex
Vive et assés vivre porra,
Je di, c'assés tempre morra.
Chil qui là erent li enquisent
La maniere, et si li disent
Par quel raison estre péust,
Que teus caïens estre déust.
Il lor dist plus apertement :
Chil Willebaus, qui vraiement
Amoit Dieu et quanque à Dieu monte,
Et est ochis à si grant honte,
El chiel vit et là vivera,
Et tant con Diex i regnera,
Et Flavades dont on espoire
Qu'il pusit vivre par lonc tempoire
Dedens ·X· jours deviera,
Et de male fin finera.
Ensi avint che que li sains
Ot deviné et promis ains;
Car ·I· seul mot n'i ot cassé
Que quant ·vij· jour furent passé,
Chil Flavades soudainement
Trebucha mors el pavement,
Ensin fu mors de mort soubite,
Par sa dolereuse merite,
Puisque mesires sains Eloys
Fu fais Vesques de Noiennois,
Moutes mervelles anonchoit
Que Diex proprement li disoit,
Par l'esperit de prophesie,
Qui le conseilloit en l'oïe
Del cuer, che k'avenir déust,
Mais mout lonc tans ains qu'il éust
Ordre de clerc neis couroune,
. . . . [4]
Moutes cose prophetisoit;
Che k'en prophetisant disoit,
N'iert pas assé ne vain ne wit [5] :
Dont il avint en une nuit,
Ot sa nocturne saumoié,
Ja iert la nuis plus que demie,
Verselliet ot mout et assés,
Et tant velliet qu'il ert lassés;
Il se clina sour une couche
Qui poi iert mains dure de chouque [6]:
Ne li caloit n'il n'avoit cure
Se il gesist à terre dure,

---

[1] Joyeux et gai *(baldus)*.
[2] *Dominus*.
[3] Vivant.
[4] Il manque un vers.
[5] Ni vain, ni vide.
[6] On dit *choque* en patois picard.

Coustumiers de faire lit,
Et sans kuete [1] et sans carlit.
Mout bien coucha et bien sambloit
Pour che que tous ses cuers trambloi,
C'aucune vision véist
Que li grevast et messeïst.
Uns clers le vit, si l'esveilla,
Et par amours le conseilla
Qu'il li desist s'il li pléust
Quel visïon véue éust.
Li sains li dist isnelement,
Deviés est nouvelement,
Li limosins Vesques [2] Simplises,
En son liu est ellis Felices :
A nous vienent li messagier,
Pour li aidier et consellier,
Tant qu'il en puist l'otroi avoir.
Ou par proiere ou par savoir,
Sachiés, pour voir, à aus parloie,
Ore ensi con je soumilloie,
Or en soiés soigneus et sage,
Car près de chi sont li message.
Tant dist et puis resommilla,
Cascuns de che s'esmervella,
Car lors après ·I· poi devant,
C'on parchéust l'aube crevant,
Li messagier à l'huis huchierent,
Laiens entrerent et huchierent,
La mort l'Evesque et l'errement
Selonc le prophetisement
Del saint homme; tout raconterent,
Mout grant avoir li presenterent,
Que Felises li envoioit;
Par ses ensengnes li prioit,
De l'Eveskuié li aidast,
Et à la court pour li proiast,
Mais tant ne s'en sorent pener,
K'à che se peussent mener,
Qu'il en presist ·I· estrelin,
Non voir le quart d'un seul ferlin.
A court ala, le roy proia,
Li rois de gré li otroia
Che qu'il requist, et chil à joie
Se remisent droit à la voie.

LX

D'un abé qui sains Eloys dist que li dyables avoit envaie s'abéie et les moines.

D'un abbé à qui saint Eloi dit que le diable avait envahi son abbaye et les moines.

—

Un abé truis en che canon,
Qui Doimolus [3] avoit à non,
En visitatïon ala
Au saint homme, et sejourna là
Plus longement qu'il ne déust.
Ains k'encore se parchéust
Que il perdoit par sa demeure,
Par une nuit après chele eure
C'on ot dormi et somillié,
Et tout erent ja esvillié;
Li sains hom l'abé apela,
Secréement li revela
Che que chi est escrit en serre,
Abés, dist-il, amis, biau frere,
Tu sejournes chi à séur;
Bien déusses avoir péur

---

[1] Ce mot se trouve dans coute-pointe piquée *(picta)* de lit.

[2] Evêque Sulpice.

[3] L. de Montigny le nomme Domnolus.

De che qu'est avenu à nuit.
Je te dirai se ne t'anuit,
Li dïables a t'abeïe,
A nuit fierement envaïe.
Tant ont venté, tant ont herlé [1],
Que près que tout ont craventé
Li fil Sathan tout l'edefisse.
Laiens ont fait trop de malisse.
L'afaire ai bien aperchéu;
En ma vision ai véu,
C'un grans flueves rades et fors,
De plain eslais, de grans effors,
Se cambroit viers les offechines :
Laiens faisoit trop de malisses,
Emprise avoit si très grant guerre;
Il confraingnoit [2] dusques en terre
Auques des plus grans edefises.
Prie Dieu qu'il te soit propisses,
Et va errant, s'il ne te grieve,
Véoir comment la cose achieve,
Et en quel point soient ti frere :
Che monte à toi comme à leur pere.
Quant la parole ot bien oïe,
Li dans [3] abés vers s'abéie,
Plus tost qu'il pot s'en repaira.
Il fu qui tost li desclaira,
Anchois qu'à pié fust descendus,
Que ·XIIII· de ses rendus [4],
Li miex vaillant et li plus sage,
Orent guerpi lor monnïage,
Et que nuitantré [5] en larrechin [6],
Par le consel de Herlekin [7],
Essirent fors de l'abéie,
Pour enbrachier seculer vie.
Quant li abés ot entendu
Qu'ensi erent moine et rendu
Oissu [8], pour péour d'anemi,
Lors li souvint du Dieu ami,
Et de che qu'il li consella,
Dedens son cuer s'esmervella
Et dist c'ore [9] de fi savoit
Que li sains hom en lui avoit
Plainement la grasse devine,
.... [10]
Che qu'il avient puis sans menchoigne,
Coi qu'il detrit, ne qu'il proloigne,
Chil bons abés fu curieus,
De chaus sour qui li envieus
Satans ot gratées ses poes,
Retraire vaut d'entre ses joes
Cel auresier les perillans,
Bien fu soigneus et artillans [11],
De chaus et querre et pourcachier,
Chaus qu'il trouva, sot bien sachier,
Et ramener à l'abéie.
Les aucuns d'aus ne trouva mie,
Car ou despaisier [12] se furent
Ou par autrui meschief moururent.

---

[1] Hurlé.
[2] Il détruisait, *frangebat.*
[3] *Dominus.*
[4] Moines convers.
[5] A l'entrée de la nuit.
[6] Furtivement.
[7] Du diable.
[8] Errants.
[9] Qu'à présent sur sa foi.
[10] Il manque un vers.
[11] Rusé.
[12] En pays étrangers.

LXI

Il prophetisa la naissanche du roy Lotthaire, et fu ses parrins as fons.

Il prophétisa la naissance du roi Lothaire, et fut son parrain aux fonts baptismaux.

—

Estre tout che que dit avommes,
Que par l'Escriture savommes,
Trueuvent escrit li cler lisant,
Que li sains, en prophetisant,
Moutes aultres coses disoit.
Voirs iert quanqu'il prophetisoit,
Car Haribiers li roys fina.
. . . . [1]
Li sains la mort prophetisa
De Dagombert qui justicha
Franche à loi du plus vallant prinche,
Qui justichast onques provinche.
La naissanche le roy Lothaire
Le jone, selonc le livraire,
Où je truis sa vïe pleniere,
Prophetisa en tel maníere.
Ja ert bien preste de gesir,
La roïne qui grant desir
Avoit que le masle oir [2] éust,
Qui le regne tenir déust.
La roïne grant doute avoit,
Comme chele qui ne savoit
Se fil ou fille avoir déust,
Car s'ensi fust se fille éust,
De che mout li anuieroit,
Que li regnes là briseroit.
Li sains hom vint à la roïne,
Devant le tans de sa gesine;
Il le conforta douchement,
Voiant tous dist apertement
Qu'ele par tans acoucheroit
D'un fil qui ses filleus seroit;
Il mist non à le créature
Qui encore ert en la closure,
Tout aventra [3] quanqu'il canta,
Car la dame ·I· fil enfanta.
Li sains hom ses parrins devint,
O l'enfant, o batesme vint
Chil qui l'enfant rengenera;
Le dit au saint homme avera,
Et dist que non aroit Lothaires,
Si biaus roiaus, si biaus afaires,
Et mout d'autres si fais assés,
Que nous avons de gré passés,
Profetisa-il en sa vie
Plains de grasse et de prophesie,
Li sains; mais trop aroit à faire,
Qui tous ses fais vaurroit retraire;
Pour che atant nous en taisons,
Car bien en est tans et saisons.
Dusque chi, ai de ma matere
Sievi le droit ordre, et le serre,
Pas pour pas m'a tant traïné,
Qu'ele m'a droit acheminé
Au glorïeus definement
Du saint Confes qui saintement
Vesqui tant comme il fu en vie,
Sans fiel et sans moriant [4] vie;
Assés ai dit, ne veul plus dire,
Che que j'ai dit puet bien souffire
De ses euvres et de sa vie.
Se Dieu m'en veut prester aïe,
Que je puisse selonc la letre
Sen saint obit en rommans metre;
Boin essample prendre et porront
Tout chil qui volentiers l'orront.

---

[1] Il manque un vers.
[2] Héritiers.
[3] Arriva.
[4] Mauvaise.

LXII

Chi commenche li glorieus trepas monseigneur saint Eloy de Noion.

Ici commence le glorieux trépas de Monseigneur saint Eloi.

—

Quant sa vie ot en boin usage [1],
Dusc'au coron de son éage,
Mesires sains Eloy usée,
Et tout adès ot refusée
Toute mondaine vanité,
Et mainte grief aversité
Ot pour l'amour Dieu endurée,
Et il ot bien s'ame espurée,
Et sa consciènche burnie [2];
Quant parassoumée et furnie,
Ot bien l'aministracïon
De sa sainte prelacïon,
Quant le besant [3] ot à grant cure
Monteploié de sainte usure,
Que Diex li ot sengle donnée,
Car ne l'ot pas embechonée [4],
Sour son chevés, ni embuschié,
N'en parfonde terre muchié.
Quant il ot de misericorde,
Si comme la lettre recorde,
Fais tous les biens, et en sa vie
Estorée mainte abéie,
Et grans congregasïons mis,
A noirs fros et à cotes gris,
Et tans cartriers desprisé [5],
Sers racatés, consaus donné,
A maint homme desconseillié;
Quant à tout chou ot traveillié,
Et il devint viex et pesans,
Par l'estoire sai de ses ans
Que ·LXX· en avoit,
Par le saint Esperit savoit
Ja, et sentoit que tost seroit
L'eure et li jours qu'il feneroit.
·I· jour avint qu'en Noion erent
Si clerc o lui, et pouralerent
Pas pour pas contreval ·I· atre,
Anchois ne sai ·III· jours ou ·IIII·,
Qu'il deviast, par aventure,
Vit une orible creverure,
Et presque tout pendant arriere
·I· pan del frontel maisiere
De la capele de saint Maar.
Li sains pensa k'engien et art
Convenoit pour cachier et querre,
Que chil pans ne keïst à terre.
Si desciple qui o lui erent,
Et che oïrent, le loerent,
C'on atendist tans convenable,
C'on peust miex faire tenable,
Chele paroit après l'ivier [6],
Si froit faisoit que neis li vier
Desous terre se quatissoient.
Quant il oï che ke disoient,
Il respondi isnelement :
Soufrés, mi fil, paisieblement,
S'entrues que j'ai u cors la vie,
Ore en present n'est assouvie,
Chest ouvrage bien nous errant
N'iert amendée à mon vivant.
Lors furent plain de duel et d'ire,
Quant le saint homme oïrent dire
Che que pas bien ne lor gréoit,
Mout les tourbloit et effréoit,

[1] Jusqu'au terme de sa vie.
[2] Nettoyé.
[3] Monnaie orientale.
[4] Mis à couvert.
[5] Mis en liberté.
[6] L'hiver.

Lors souspirerent et plourerent,
O le grant duel k'iluec menerent,
Disant, peres dous, ja n'aviegne,
Che que tu dis qu'il nous conviegne
Ta mort veïr si très prochaine,
Mais Diex qui tient en sa demaine,
Quanques el monde a en ballie,
Garde en nos tans ta sainte vie!
Que tu encore en pais maintiengnes
Sainte Eglise et que tu soustiegnes
La povre gent le mains menue
Que congément as soustenue!
A ches paroles li sains viex
Enviers le chiel drecha les iex,
Et resgarda mout souplement,
Et respondi delivrement :
Or, est ensi con nous disoumes
Par aventure et devisoumes
Che que nous vorriemes véir,
Mais Diex à qui doit obéir
Toute riens sa volenté fache
De moi, par sa très piue grasse.
Par usage requiert nature
Que toute humaine créature
Quant elle a tant vescu sour terre
Repairier doit à se matere;
Et quant vous plus n'en poés faire
Gardés ne soiés mi contraire
A Dieu par seule volenté,
Mais tout soiés entalalenté,
Et d'esgarder, et de voloir
Que de moi fache à son voloir.
Or est bien tans que je m'en voise.
Lors refisent chil mout grant noise;
Il plouroient et waiémentoient
Et en plourant se dementoient.
Li sains lors dist : lassiés ester,
Car ne poés riens conquester,
En duel faire ne en tristreche :
Faites grant joie et grant léeche;
Faire le devés par raison
Car chest tans et ceste saison
Ai-je piecha mout convoitié
K'en gloire fust m'ame entoitié :
Cheste maison ai atendue,
Qu'elle me fust piecha rendue,
Après cheste vie anieuse
Qui mout est fraille [1] et perilleuse.
Entre souspirs et plourens
Cessa atant chis parlemens.
Lors après che ne tarja gaires
Que li sains hom fu tous tremaires [2] :
Lors li souprist une frichons;
Bien li sembloit que de glachons
Fust tous ses cors avirounés.
Quant ensi fu embecounés [3]
De chele enfermeté soudaine,
Lors fu sa parole certaine,
Et sot par devine moustranche
Et par vraie senefianche
Que longement ne viveroit
Mais assés tost devieroit [4].
Il commanda que sa maisnie
Devant lui fust toute amaisnie,
Et si serjant et si menistre.
Il i erent dolant et tristre
Par bien et par boine maniere,
Les ot nourris el tans d'arriere.
Quant il les vit en se presenche
Il leur noncha en audienche
La prochaine fin de sa vie.
Li sains confes n'oublia mie

[1] Fragile.
[2] Tremblant.
[3] Occupé, travaillé.
[4] Perdrait la vie.

Che qu'il adès lor sermounoit,
Car tout adès les semounoit,
Que pais eussent, et pais amaissent,
Et puis à lor freres gardaissent
Et maintenissent carité,
Qui de concorde et d'unité
Est conjoig les et hars et couple,
Qui tous les preudoumes acouple.
Dant Baudaire [1] fist apeler,
Ne li vaut son anui cheler.
Chil maintenoit la seignourie
De la Tournisien abéie.
Frere, dist-il, n'en mentirai
D'une cose que te dirai :
Je vois la voie où Diex me maine,
Où toute créature humaine
Va, quant chil l'apele et semont,
Qui tout cria et mer et mont.
Par bone foi lo que tu coises
Que tu jamais à Tours ne voises [2] ;
Demeure en pais en t'abéie
O tes freres use ta vie
Bien te souffisse, bien te plaise
Che que tu pues tenir aaise.
Se tu oublies ma parole
Que je t'apreng de sainte escole,
Et se là vas, tu che verras
Que ja vis [3] n'en repaierras.
Chil Baudaires ensi fina
Comme li sains hom devina ;
Car quant li sains hom fu finés,
Chil entredis fu oubliés
Mult tost, et mis en non caloir.
Vausist che que péust valoir
Mais la parole ot en despit
Chil Baudaires, et sans respit
A Tours ala. Sour lui coururent
Unes gens ki bien le connurent ;
De toutes pars sour lui hechierent,
Pieche à pieche le depechierent.
Ensi mourut chil Bauderes :
Li dis le saint fut averés.
Repairier veul à ma matere
Dont je laissai ore la seure
Quant de Baudaire me souvint.
Quant par forche le saint convint
Ou lit c'on dist mortel couchier,
Et le jour vit ja aprochier
De son très glorieus trespas,
Qu'il ne queroit autre respas.
Le daerrain jour de novembre,
C'on dist le jour devant decembre,
Sa maisnie fist apeler,
Et devant lui atropeler
Chaus qu'il lassoit corporelement
Mais mult miex espirituelment.
Ert aveuc aus et fu sans doute.
Quant il vit sa maisnie toute,
Il souspira et larmoia,
Et en souspirant lor proia
Et dist : mi bon ami, mi frere :
Oés le dit de vostre pere,
Et rechevés en passïenche
Cheste daerraine sentense.
Se vous m'amés en la maniere
Que je fais vous, une proiere
Vous fai : que les commandemens
Dieu et ses establissemens
Gardés, et aiés en memoire
Dieu Jhesucrist le roi de gloire.
Se vous parfitement m'amés
Dieu hounerés, Dieu reclamés

---

[1] *Dominus Baldcredus* (Baudry).

[2] L. de Montigny a noté Tournay en marge comme le lieu que devait éviter l'abbé ; c'est une erreur, puisqu'il était allé à Touraine, où saint Eloi l'engagea à retourner. Il faut donc lire *Tours*. Spicileg., t. v, p. 262.

[3] Vivant.

Le nom Jhesu, si con je l'aim,
Amés que il vous gart del haim [1],
Dont li diables pesche et prent
Chaus k'en mortel pechié reprent.
Très bien savés que vous morrés,
Mais ne savés combièn porrés
Vivre en cors ne con longement :
Aiés paour del jugement :
Chil jours fait bien à resoigner ;
Si con vous oés tiesmoignier
La verité del escriture,
Gardés o con faite figure
Gardés à quel conscienche
Vous aparrés [2] en la presenche
Dieu Jhesucrist, quant il fera
L'assise où tous nous jugera.
Le va tiesmoignant l'escriture
Où toute humaine créature
Convient aler par estouvoir [3].
Apareillier sui de mouvoir,
Et ja mout tost sans moi serés,
Sans moi el monde viverés,
Car Diex par son commandement
M'apele, et, ja mout douchement,
Vauroie estre à chel monjoie
Dont on voit la souvraine joie,
Et ja desir véoir le lit
Où je truise plenier delit.
Lors refisent pour lor seignor
Li grant duel ains ne ni gregnor.
Quant tant les vit dolans et tristres,
Il fist tous ses propres menistres
Devant lui ·I· et ·I· venir,
Pour aus aidier et soustenir.
Che proprement i entendi
Qu'il ne fuissent povre et mendi
Après sa mort les abéies
Bien fondées, bien constéies [4].
Lors denoncha que bien séust
Cascuns d'aus où aler déust,
Et demourer puis son deches.
Quant denommés ot lor reches
·I· tant lor dist en droit roumans [5]
Mi fil! hui en vos mains commans
De vos ames la sauveté.
Et Diex par sa grant piété
Vous gart et en bien vous maintiegne.
Gardés que de che vous souviegne
K'adès vous ai amouncsté.
Soiés de bien faire apresté :
Pensés de vous cascun de lui,
Dusc'à ore ni a chelui [6]
Que je n'aie bien conseillié
Et à bien faire esmauvillié.
Eloys trespasse, et ja est l'eure
C'en siecle o vous plus ne demeure.

LXIII

Si desiple faisoient grant deul pour son très-saint trespassement.

Ses disciples avaient un grand deuil de son glorieux trépas.

Après chest mot grant duel refisent
Brairent, crierent et puist disent :
Peres, qui nous garandira?
Peres, qui nous mainburnira [7]

---

[1] Hameçon.
[2] Apparaîtrez.
[3] Nécessité.
[4] Constituées.
[5] Langue romane ou française.
[6] Il n'y a personne.
[7] Protégera.

A toi commant-je chaus et cheles
Qui es religieuses celles
Se sont offert à ton serviche
Par le mestier de mon offiche;
·I· don te quier, che don m'otroie
Ta pietés? ma proiere oie!
K'en tous besoins aveuc aus soies,
Et de tous graus biens les pourvoies,
Par ta douçour soient aidié
Et soustenu et raplaidié
Contre les felons anemis.
Quant tu aras ensamble mis
Tout le monde au jour del juise [1],
Et des felons feras justisse,
Et renderas à tes amis
Les biens que tu lor as promis.
Quant li sains vit que près estoit
Eure que ja l'amonestoit
D'aler en son pelerinage,
Et bien paroit à son usage
C'assés tost trespasser déust,
Et ja soit che k'en lui n'eust
Point de vif fors entendement,
Et en son pis mult tenuement
D'une assés tenuete calour
De tel pooir, de tel valour,
Comme il se pooit souslever,
Devant lui fist tous apeler
Ses desciples et ses sodales.
Il, qui lor ot esté bons bailes,
Puis k'à baillir les entreprist,
Et ·I· et ·I·, ploura et prist
Congiet à tous communaument,
Et dist: Mi fil! plus longement
O vous en cors plus ne serai,
Ne plus à vous ne parlerai,
Ne puis hui ne verrés ma fache
Pour Diu vous pri et pour sa grasse,
Souffrés atant que je repose,
Car ne desir nule autre cose,
Et que li cors repaire et voise
A sa premeraine despoise [2].

LXVI

Si desciple le regretoient et plouroient, et menoient grant deul.

Ses disciples le regrettaient et pleuraient, et menaient grand deuil.

Tout à ·I· fois se rescrierent
Tout chil qui environ lui erent,
Pour le parole qu'il ooient;
A mesurer ne se pooient
Ne de crier, ne de duel faire
Et disoient: las! quel contraire!
Car grant damage hui rechevommes,
Peres: de droit plourer devommes,
Car qui porroit en passïenche
Souffrir qu'il fust de ta presenche
Desiretés [3], si comme hui sommes,
Et dou soulas k'en toi perdommes.
Doloir nous fait cheste ocoisons,
Mais autre part est la raisons
Que nous semont et met en voie,
Que nous de che faisommes joie,
Que, tu, après les grans grietés,
Après toutes les aspretés

---

[1] Jugement.

[2] Allusion à cette sentence : *Memento quia pulvis es et in pulverem reverteris.*

[3] Déshérités.

Qui sont en la mondaine vie,
Vas reposer en l'abéie,
Où Diex, qui est abés et peres,
Fait de ses sains, moines et freres.
Lors souspira, et vers les chiex
Tendi ses mains, drecha les iex
Mult longement, o lie chiere
Oura et fist coie proiere.
Après chele longe silenche,
Dist li sains hom en audienche.

LXVII

Il proia Nostre Segneur qu'il le recheust, et li angle l'emporterent en paradis.

Il pria notre Seigneur de le recevoir, et les anges le portèrent en paradis.

Moi ton serf, se toi plaist, envoie,
Diex, à la pais et à la joie
K'a chaus as de piecha promise
Qui te serviront sans faintise!
Tu, Diex, qui racatas le monde
De ton sanc precieus et monde,
Tu, Diex! qui seus est sans pechié,
Qui dusques chi m'as adrechié
A toi servir, par aventure
Assés par mains soigneuse cure
Que je servir ne te déusse,
Ja soit che que je miex le péusse
Se devers le cuer me venist
Si bien comme il me convenist,
Mais ma volenté as véue,
Et ma consciencche séue :
Aies de moi merchi, et m'ame
Trai hors de la corporel lame
Et de cheste mortel misere,
Et met en lieu de refrigere.
Tex est, sire Diex, ta puissanche,
El monde ving sans demouranche
Quant il te plot que je i venisse,
Et quant toi plaist que je en issc,
Faire l'estuet par droit usage,
Sire Diex! en tout mon éage
M'as-tu gardé et maintenu,
Bien gouverné et soustenu?
Onques ne te trouvrai estrange,
En tes très saintes mains comman-je,
Mon esperit, o toi l'emnaine
Lassus en la cité demaine.
Puis que toi plaist ke je devie,
Euvre moi la porte de vie,
Et met laiens maine et en creuce,
Se mains non en la merre creuce
Qui soit en ton grant tabernacle,
Où el mains vallant habitacle
Que tu as ja aparellié
A chaus qui sont bien conseillié
De toi servir et d'ounerer.
Li sains n'ot plus loisir d'ourer;
Là atendoit la compagnie
Des sains angles qu'eust fenie
Li sains sa commendassïon.
O mult grant venerassïon
Vinrent pour lui, si s'estendi,
Entre lor mains l'ame rendi.
Bien nota-on, par sage cure,
Que chele nuis ert mult obscure,
Si comme en de cours en prin somme
El point que du cors au saint homme
Parti l'ame soudainement.
Vit-on ·I· cercle apertement,
Qui clerement resplendissoit,
Et contre mont montant issoit
Par le feste de le maison.
Chil qui en chele orbe saison
Chele bele miracle virent,
Et de lor iex le poursivirent

Quan qu'il porent, virent l'espere [1]
Ardant et esclistrant et clere,
Et devant li portoit le signe
De la crois precieuse et digne.
Tant radement se descendi;
Les espesses nués fendi,
De grant radeur les cheix percha
Là sous remest, là herberja
Par si glorieuse maniere,
Oissi de la carnel taisniere
Et del terrïen plourement
Chele sainte ame, où longement
Ot conversé comme essilié
Et enchepée [2] et quevillié
La terre en fu dolente et meste [3].
Lassus el chiel firent grant feste,
Sains et saintes de sa presenche
Li sains angle o grant gaudenche
Par le congié du Créatour
L'introduisent o bel atour
D'une effable processïon
En saintine possessïon.

LXVIII

Tout chil de le chité plouroient et menoient grant deul pour sa mort.

Tous ceux de la cité pleuraient et menaient grand deuil pour sa mort.

En sen très saint trespassement
Aparut bien con terrement [4]
Larmoient tout, et clerc et lai,
Isnelement sans nul delai,
A paines ot rendue l'ame,
Quant maint prudomme et mainte dame,
Mais toute la cités commune,
Firent grant duel cascuns cascune,
Poins detorjoit, caviaus tiroit,
Batoit son pis, dras deschiroit,
Ou esgratinoit son visage.
Cascuns regretoit son damage,
Et pour l'obit d'un tout seul homme
Erent feru tout en la somme,
Car si grant duel pas ne fesissent
Se la cité toute véissent
Embraser ou descroehier,
Ou pieche à pieche depechier,
Tons les bourgois d'arme molue [5].
Chil d'eus couroit de rue en rue.
Des cris péust-on clerement
La noise oïr el firmament.
De la noise et de la tumoute
Retombissoit la vile toute.
Quant li cors fu apareilliés,
Et li obsequises verseilliés,
Chil qui orent fait le servise,
Le cors porterent en l'eglise;
Toute la nuit ne soumillierent,
Mais tout diversement vellierent,
Li clercs en lor versellemens,
Et li pueples en plouremens.

---

[1] Le globe.

[2] Mise aux ceps (fers) expression conservée dans le patois picard, signifie *embarrassé*.

[3] De *mœstus*, chagrin.

[4] Tendrement. En patois picard, on dit *pain terre* pour pain tendre.

[5] Portant armes moulues, défenseurs de leur ville.

LXIX

Chi vint la roine de France à Noion à mult grant compagnie de gent aveuques li.

La reine de France vint à Noyon, ayant avec elle une nombreuse suite.

—

Devant mes iex truis en latin
Que l'endemain, mult très matin,
Si comme Diex vaut par sa grasse,
Vint en Noion grant generasse,
A fons et à processions,
Gens de maintes processïons.
Là vint méisme la roïne,
Qui de bone amour enterine
Ama le saint toute sa vie;
Ele ot o li grant compagnie
De beles gens; si fil ierent,
Et aveuc aus i amenerent
Mult des plus haus hommes de Fran- [che,]
Et d'autre gent grant habundanche.
Tant i vint en brief entreval
De gens à pié et à cheval,
Que gens de près, que gens lontaine,
Que toute fu la cités plaine.
Lorsque la dame dessendi,
Per ne compaignon n'atendi,
Vers le cors saint mult tost courut,
Et dist e! Diex, pour quoi mourut
Si tost chis sains, lasse, dolante,
Pour quoi ai fait si longe attente?
C'à lui ne sui piecha venue;
E! Diex, pour quoi m'a tant tenue
Male aventure et meskéanche;
A qui arai jamais béanche [1],
Qui me doie par boine foi,
Si comme tu, peres Eloy,
Des ore en avant consellier;
Entrues fist-ele aparellier
Voiture en quoi ele péust
Faire mener, se li l'éust,
Le cors à Cele [2] s'abéie.
Mais autrement ot establie
Diex l'aventure et compassée,
Qui ne pooit estre celée;
Car quant la roïne méisme
Quida lever le cors saintisme,
Ne tant ne quant nel pot mouvoir,
Il li convint, par estovoir
Que le laissast coie la biere;
Dolante fu de grant maniere,
Si comme sage et bien aprise,
Fist denonchier en sainte Eglise,
Que tout fussent en abstinenche
·III· jours en non de penitenche,
Che fu k'en devote géune
Fust toute la cités commune.
On fist bien son commandement,
Mais ele entrues tant tenrement
Plouroit et grant duel demenoit,
Tant tristement se contenoit,
Et desirroit véoir la fache
Du cors qui gisoit en la plache,
Bien li sambloit s'éust véue
Du saint confes la fache nue
Qu'ele en fust toute assouagié,
Et sa doleurs fust alegié.
On li descouvri le viaire
Du saint tout nu, pur son sesfaire.
Lorsque la devote roïne
Vit le viaire et le poitrine
Sans conjointure et sans defois
Tantost plus de ·LX· fois,

---

[1] *Beatitudo. Spes.*

[2] Chelles.

En I randon, ne gaires mains,
Baisa le poitrine et les mains.
Tant fondanment sour lui plouroit,
Del rui [1] qui de ses iex couroit,
Fu la sainte fache arrousée.
Entrues que de tele rousée
Arrousoit le cors et bagoit [2],
Et de seur lui grant duel faisoit :
E-vous que Diex apertement
Vaut, par son saint commandement,
·I· bel miracle reveler,
Que je ne doi mie oublier,
Mais recorder che que li vers
M'en dist. Il dist : ja ert ivers
Et ja soit che que là géust
Li cors tous frois et pieche éust
Que l'ame en iert ja essiaué :
Es-vous une mout grant iauée
Del sanc qui du cors descendi ;
Par les narrines descendi
Sour le barbe et sour la poitrine
Du saint Confes. Quant la roïne
Baltaus [3] et li Vesques che virent,
En dras de soie requellirent,
Et enclosent en une aumaire
Che sanc en lieu de saintuaire.

LXX

La roine Baltaus le vaut porter à Cele, s'abaïe.

La reine Batilde veut le porter à Chelles, son abbaye.

—

Quant li troi jour furent passé,
Et ja estoient toute lassé
De jéuner et de veillier,
La roïne vaut travillier,
Et travella et mist grant paine
K'a Cele en son moustier demaine
Péust le cors saint translater.
Lors n'orent soing de lui flater,
Chil qui autrement devisoient.
A la roïne tout disoient
Qu'il fust portés droit à Paris.
Lors veissiés mout esmaris
Chaus de Noion ; mais tost reprisent
Cuer et vivement contredisent
Tout d'un acort et d'un courage,
Si comme lor droit iretage,
Le cors de lor propre avoué,
A qui s'ierent piecha voué.
Entr'aus nasqui par tel maniere
Une altercatïons mout fiere,
Mais nequedent saine et loiaus ;
N'à la roïne, n'as roiaus,
Ne se pooient assentir,
Chil de Noion, ne consentir
Que il fuissent ja dessaisi
Du saint dont il ierent saisi ;
Et la dame ne voloit mie
Qu'il remansist en la ballie
De chele pule Noiemisien.
D'autre part li Parisiien
N'orent cure que la roïne
Eust le cors en sa saisine ;
Ensi longement estriverent.
Mais quant chil qui à l'estrif [4] erent,
Vesque, abé, et maint homme assés
Dont il i ot mout amassés,
Qui vers la dame se pençoient
Et sa partie deffendoient,
Esgarderent par droite loi
Que de mon seigneur saint Eloi

---

[1] Du ruisseau.
[2] Baignait.
[3] Batilde.
[4] Débat.

Q̃ Regina corpus sancti ad cala monasterium suum voluit inferre sed non potuit.

K. Ch. LXX.

P. 123.

Fust à Chele li cors portés.
Lors veissiés desconfortés,
Chaus de Noion; lors escrierent,
Bruirent, noisierent et plourerent,
Que des cris et de la tumoute
Retombissoit la vile toute.
Quant la roïne, qui iert sage,
Vit che tempies et chele rage,
Et vit che pule ensi noisier,
Chele noise fist apaisier
Et dist: Laissons nostre plaidier,
Prions Dieu qu'il nous weille aidier,
Se Dieu plaist et chis sains le veut,
Pour qui de ches li cuer me deut,
Que là voist et weille gesir,
Où je le convoit et desir
Segnourelment aventurer,
Il doinst souffrir et endurer
Qu'il soit levés hastivement,
Et s'il le veut faire autrement,
Ja en sarons la prouvenanche.
Tous gréerent chele sentense.
Quant la biere lever quidierent,
Mout i penerent et luitierent,
Mais pour quanques faire péussent
Ne tant ne quant ne le méussent,
Trop le trouverent apesée;
Puis chaus arent autre entesée
Toute lor forche et lor pooir,
Mais il ne le porent mouvoir,
Ne tant ne quant ne le méussent;
.... [1]
Autre après chaus se resprouverent,
Mais si très pesant le trouverent,
Que lor paine riens ne valoit.
La roïne se demaloit
Et dementoit, et ert dolante.
Ele ne fist plus longe atente;
Esprouver veut par soi méisme,
Savoir mon? se le cors saintisme
Péust mouvoir ne tant ne quant;
A la biere aprocha, et quant
Ele se fu bien rebrachié,
Et deffublée et deslachié,
De bras, de cors, de soi quaconques,
Sacha, bouta, luita, mais onques
Ne pot faire tant, que la biere
Péust mouvoir n'avant n'arrière
Ni eut plus que s'ele sans faintise
Luitast à une pierre bise.
Lors se tourna vers les barons
Et dist: Bien voi que pas n'arons
Che sains confes à nostre cois:
Bien voi que chi veut estre cois.
Puisqu'il ne veut que nous l'aiommes,
Si viaus non, che pule apaiommes
Qui pour lui crie et fait grant noise,
Et ja soit che qu'il nous empoise,
Car autrement n'el poons faire:
Otroions leur chest saintuaire.
Trestout, et haut et bas, graerent [2]
Chele parole, et deviserent
Que li cors sains se lui pléust
En sa propre cité éust
Et son giste et sa sepulture.
Es-vous mervelleuse aventure:
Lorsqu'il se prisent à la biere,
Il le trouverent tant legiere
Que ja peurent che fais lever
Doi seulement sans aus grever,
Que ains ·I· poi est si pesans
Que par X M. mars de besans,
Ne pour tout l'or qui soit en Roume
Ne le méussent X M. homme.
La roïne et tout chil qui virrent
Chel miracle, mout s'esjoirent,

---

[1] Il manque un vers.

[2] Gréerent, ratifièrent.

La glore Dieu magnefierent
A plaine vois, tout s'escrierent :
Diex Sire rois esperitables,
Que tes euvres sont delitables,
E ti miracle precieus,
Et en tes sains es glorieus.
Quant on porta pour sepelir
Le cors, lors veissiés venir,
De toutes pars gent acourant,
Paumes batant, criant, plurant,
Tes iert la noise des grans cris,
Si comme dist li vrais escris,
De chiaus qui sivoient le cors,
Que de buisines ne de cors,
Qui XV mile en aünast
Et tous ensamble les sounast,
Ne péust-on tel noise faire,
Car méisme la deboinaire
Balthaus, en chel pelerinage,
Par fort yver, par fort orage,
N'ot soing de monter sour cheval;
Mais o le pule contre val
La bonne à pié ·I· poi arriere,
Grant duel faisant, sivoit le biere;
Moine cantoient et plouroient,
Cantant et plourant convoi oient.
Le cors saint parmi le grant voie
Respargnoient vauchel ne gloe,
Garde ne prenoient ne cure,
S'il soullassent leur vestéure,
Nul mal passage n'eskivoient,
Mais la biere partout sivoient;
Sour tous les dues, sour tous les cris
Que je ai chi devant descris,
Que li pules menus menoit,
Presque de duel ne forsenoit
La povre gens li mains menue
Qui à chel jour ert là véue,
Et jà pléut soudainement;
En lor soudain apluevement,
Les oissiés crier et braire,
Courre et raccourre et tel duel faire
Par ches plaches et par ches rues :
On les oist dusques as nues
Et disoient : Elas ! Elas !
Ba : Diex, où est de tous prelas
La flours, la gemme, l'esmeraude.
Mors, trop fus outrageuse et baude,
Quant tu osas nes le doit tendre,
A si saint homme atraire et prendre.
Las! que ferommes, où irommes?
N'i a mais plus que tost muirommes
De faim et de toutes mesaises.
Ahi! mors que tu nous mesaises,
Qui nous as dessaisi du pere
Qui nous estoit peres et mere,
Peres Eloy qui ert soigneus,
Dès ore mais des besoigneus,
Si comme tu estre soloies,
Qui oublier ne le voloies,
Qui donra, mais si largement,
Aumosnes, et si benignement,
Si comme tu les nous donnoies
Ta pecune ne repounoies,
En tes escrins n'en tes aumaires.
Largement peres deboinaires
Donnois à la povre gent
Viandes, dras, or et argent,
Par maintes fois widas tes cofres
Pour conseillier caitis et povres;
Tu estois li vrai secours,
A toi estoit li drois retours,
En ta gentilleche trouverent
Tout chil qui à toi rafinoient :
Consel, confort, bontés plenieres,
Secours de divierses manieres;
De haut en bas sommes kéu,
Puis k'ensi nous est meskéu
Que toi perdons, se Dieu pléust
K'aveuc toi mourir nous déust,
Plus volentiers embrachissiemes
Sa mort que chi remachissiemes
Chi après toi en passïenche,
Neis ·I· seul jour sans ta presenche.

Q.ᵉ Regina Bathildis cum clero et populo letantibus sequitur feretrum.

Q.ᵉ leviter a duobus portatur qui antea a quampluribus moveri non poterat.

M. Ch. LXX. — P. 125.

L. Ch. LXX. — P. 124.

Communement en tel maniere
Lamentant suivoient la biere;
Là, en chele processïon,
Oissiés grant confusïon
De divers vois et des cris,
Si comme dist si droit escris,
Ne discernas legierement;
Nus hom du cant plus le plourement
Del cant des clers, des cris des lais,
Ne li quel qui gregneur eslais,
Ou de gregnor effort faisoient
Noise, et plus hautement noisoient,
Car li clergiés si haut cantoit,
L'autre gent si haut waimentoit;
On n'i oist cloque sonner,
Nus ni peust oïr tonner;
Est-il nus hom qui tant éust
Dur le cuer qui là se téust,
Qu'il ne plourast s'en Dieu créist,
Puisque si grant pule véist
Communement crier et braire,
Et la roïne tel duel faire,
Et les barons qui là estoient,
Qui aveuc lui grant duel faisoient.
A le parfin, quant à che vint
Que le cors saint metre convint,
Si comme est drois el monument,
Là puissies véoir comment
Li pules retraioit la biere,
Et par forche sacoit arriere,
Pour che k'encore ·I· seul moment
Fust aveuc aus presentement,
Et lor desirier asouvissent,
En che que present le veissent,
Mout lor iert bon, mout lor plaisoit,
Et grant confort che lor plaisoit
Que le cors saint present véoient,
Car à paines soufrir pooient,
Qu'en son sepucre on le mesist.
Mais, quoi que li pules fesist,
Des miex vaillans che m'est avis,
Et des plus fors lor fu ravis
Li cors par forche et noblement,
Si comme on dut, isnelement
Ou monument l'enséélerent,
Vesque et abé qui present ierent,
Et plainement obseque fisent
Chil qui mout bien s'en entremisent
Sainte Balthaus, la Dieu amie,
Mout fu lassée et alasmie [1]
De jéuner et de veillier;
Ne s'en doit-on esmervellier.
Quant li cors sains fu enterrés,
Et dedens le tombe enserrés,
Et la dame l'ot aouré,
Et tant comme lui plot ouré,
Plus ne mains ne demoura là,
Géune [2] à son rechet [3] ala,
Metre ne pot en oublianche
Le duel qu'el ot et la pesanche
Du saint qu'ele, de tout son cuer,
Très tant ama qu'ele à nul fuer,
Ne vaut mengier maus [4] plainement,
Volentiers et devotement,
Paracompli la triolaine,
De sa géune triduaine.
Chil fait triduaine géune,
Qui continuelment géune
Trois jours entiers et dont menue
Au tierc jour quant l'eure est venue,
Que jéunant doivent mangier,
Che di-je pour chiaus ensegnier,

---

[1] *Laxata*, affaiblir.
[2] A jeun.
[3] *Recessus*, retraite.
[4] Souffrant.

Qui ne sevent qu'est tridelaine,
Ne qu'est géune triduaire.
Selonc la verité del livre
Qui matere me dounc et livre,
Ai dit del saint le sainte fin.
A chest mot chest livre defin,
Diex à tous chaus otroie sa gloire
Qui che saint aront en memoire,
Et volentiers sa vie orront :
Diex les consaut quant il mourront!

Chi furent tout li glorieus miracle que mesires sains Eloys, li benéois Evesques de Noïon fist en sa très sainte vie, et ses très glorieus trespassemens, et li regret que si desciple firent après son très S. trespassement. Et si m'escrit Gerars de Monsteruel, en l'an de l'Incarnation Nostre Segneur Dieu Jesuchrist mil .ij^c. iiij. XX XIIII, le Dimenche après le saint Nicholas le Benéoit Confes, fu chis livres finés. — En esté, en esté, en esté, en esté, en esté, en esté (1).

Depuis l'impression du poëme on a recueilli un dessin dont la légende avait été enlevée et dont la feuille était mutilée. Le sujet se rapporte au chapitre XXI, page 48, où il se voit. Le reste de cette histoire iconographique de saint Eloi est fort probablement détruit.

(1) Le 25 août, fête de la translation de saint Eloi, double de première classe. La fête de saint Eloi, 1er décembre.

Siége de Dagobert

LE SIÉGE pliant (*sella plicatilis*), en bronze anciennement doré, actuellement déposé dans le Musée des Souverains, au Louvre, et portant le nom de *Fauteuil du roi Dagobert*, ornait, il y a peu d'années, le cabinet des Antiques, à la bibliothèque impériale.

Il avait précédemment, et de temps immémorial, fait partie du trésor de l'abbaye de Saint-Denis. Suivant la tradition ancienne, c'était un des deux trônes d'or que saint Eloi fabriqua pour le roi Clotaire II.

Au XIIe siècle, Suger, abbé de ce monastère, le fit, suivant toute apparence, orner d'une galerie avec branches latérales. Il rendit ce fauteuil plus complet et plus solide, mais fixe.

On supposait qu'à la suite de cette réparation, les rois de France, depuis Louis le-Gros jusqu'à Philippe de Valois, avaient adopté les formes du trône sur lequel ils sont représentés assis.

Mais M. Le Normant, de l'Institut, a combattu cette donnée dans un mémoire qu'il a publié sur ce sujet dans les *Mélanges d'archéologie* des P. Martin et Cahier. Il démontre que, dès l'an 1083, le roi Philippe Ier est figuré assis sur un siége (*bisellium*) qui offre deux supports léonins, imitation de ce qu'on voit sur divers diptiques consulaires.

M. Le Normant saisit les expressions employées par saint Ouen, lorsque parlant de saint Eloi qui présente un second siége au roi, qui n'avait livré la matière précieuse que pour un seul : *Quod superfluit ex auro ne negligens perderem, huic operi aptavi.* Le sens de ce texte lui fournit cette explication très-plausible.

Saint Eloi, dit-il, fournit effectivement un siége avec le poids de l'or et les pierres précieuses qui lui avaient été confiés. Il n'accusa aucun déchet lors de la fonte du métal; et lorsqu'il découvrit la seconde *sella*, sans doute, il expliqua au roi, par l'emploi de l'alliage indispensable pour solidifier le métal, afin de l'employer, le surplus d'or qu'il avait utilisé en dorant cette copie exacte, sauf les pierreries. C'est elle, ajoute M. Le Normant, qui probablement subsiste encore aujourd'hui. L'autre, dont la matière devait exciter la cupidité, aura disparu depuis longtemps. Et le siége en bronze doré, donné peut-être par le roi Dagobert aux religieux de Saint-Denis, aura pris le nom de ce monarque.

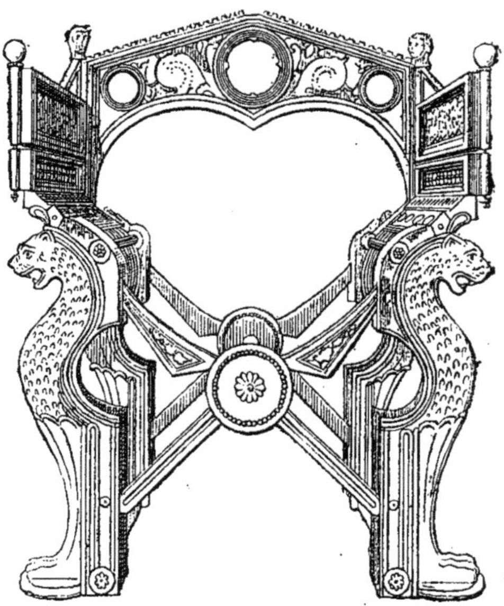

9 782019 311728